一直很安静

卿玉 著

读者出版社

图书在版编目（CIP）数据

一直很安静 / 卿玉著. -- 兰州：读者出版社，2023.1
ISBN 978-7-5527-0699-4

Ⅰ. ①一… Ⅱ. ①卿… Ⅲ. ①中国文学－当代文学－作品综合集 Ⅳ. ①I217.2

中国版本图书馆CIP数据核字（2022）第148470号

一直很安静
卿 玉 著

责任编辑 漆晓勤
封面设计 夏 羽

出版发行	读者出版社
地　　址	兰州市城关区读者大道568号（730030）
邮　　箱	readerpress@163.com
电　　话	0931-2131529（编辑部）　0931-2131507（发行部）
印　　刷	武汉市首壹印务有限公司
规　　格	开本 880毫米×1230毫米　1/32
	印张 6.5　字数 157千
版　　次	2023年1月第1版
	2023年1月第1次印刷
书　　号	ISBN 978-7-5527-0699-4
定　　价	49.80元

如发现印装质量问题，影响阅读，请与出版社联系调换。

本书所有内容经作者同意授权，并许可使用。
未经同意，不得以任何形式复制。

序

窗外滴答小雨，入夜宁静，雨滴拍打窗户的声音与键盘声融为一体，似乎，这场四月的雨，愿作这本书的夜曲。

社会发展至今，十分便利，人们在享受它的便利，却无法感受它的宁静，浮躁、焦虑、压力、背负、恐慌、伤感、情绪化……人们在追逐中携带着梦想，又似乎抛下了梦想，在努力中保持初心，又似乎遗失了初心。

浮躁的不是社会，是人的内心。总需要一块净土，允以寂静、安逸。它可以是一个空间，一段时间，一个念想，一本书，一个人，一件事。

《一直很安静》是笔者关于生活中琐事与男女情感的记录，本书主要分为三个篇章：润生篇、滋养篇、发芽篇。润生篇以片段式的语言为主，穿插所思所想，涉及亲情、友情与爱情，也不乏掺杂工作经历和社会见解，贴近生活，以细节见大，相信读者在每段文字中都能找到属于自己的影子。滋养篇是散文诗的集合，一些小诗，信手拈来，无论作为枕边书还是速读，都会产生情感共鸣。发芽篇则是散文随笔，多是成长的历程，或是风景，或是人心，希望它能如船一般，载人归岸。

　　此书多有不足，我希望它是温和的、温暖的、睿智的、果敢的，能与你一起度过一段时日，哪怕是一分一秒，都值得感激。

　　笔者清贫，清者至清；笔者尤富，富者富足。

2022 年 4 月
于北京

目录

润生

一直很安静　　　　　　/003

滋养

如果你第一次见到我　　/051
当我看见　　　　　　　/052
风干　　　　　　　　　/053
村上春树　　　　　　　/055
深埋　　　　　　　　　/056
月亮并不孤独　　　　　/058
寻求　　　　　　　　　/060
深夜　　　　　　　　　/061
秋思　　　　　　　　　/062
破伞　　　　　　　　　/063
落　　　　　　　　　　/065
咖啡伴侣　　　　　　　/067
行走　　　　　　　　　/070

孤岛	/072
窗	/073
病叹	/075
冰恋	/076
收养	/078
一个道理	/079
麦当劳的汉堡	/080
烟与女人	/082
巧	/083
脚步	/084
成全	/086
我不太喜欢	/087
原来	/088
听见	/089
陌	/090
是	/092
一笔	/094
舞	/096
烟火	/097
眼神	/098
最后的焚烧	/099
短发	/100
救赎	/101
写一首很美的诗	/102
你	/104
泡泡糖	/106
叶子	/107

一念曹操	/109
老去	/110
夜蟒	/112
萤火	/113
太倔强的马	/114
红颜醉	/115
流星	/116
念	/119
爱若悲欢	/120
蜗牛	/123
前后左右	/124
如果我没有钱	/125
慌	/126
星座	/127
眼睛	/128
归	/129
差别	/130
贪图	/131
有	/132
爷爷的菜园	/133
烦	/134
四月	/135
故事	/136
速与火	/137
听说	/138
樱花漫	/139
爱	/140

一首柔软的赞歌　　　/141
最爱天使　　　　　　/143

发芽

空巷　　　　　　　　　　/147
风筝　　　　　　　　　　/148
晚点爱情　　　　　　　　/150
我对你的背影一见钟情　　/156
三两情话　　　　　　　　/160
写一些什么　　　　　　　/163
八月，向阳而生　　　　　/165
如果人类都被黑化　　　　/170
父亲的快乐　　　　　　　/173
只此青绿　　　　　　　　/178
今天的北京零下十七度　　/182
爷爷　　　　　　　　　　/185
男女相对论　　　　　　　/188
回忆六点半　　　　　　　/193
浅浅　　　　　　　　　　/197

润生

一直很安静

让心彻底沉静，把它变成一粒沙子，在大海的深处，没有温度。

收拾了东西，又换作另外一张床。一个月的时间，住过五个地方，新与旧，不同的脸和声音，不同的睡眠与梦。终于，在一个空旷的地方着落，没有人的地方，一个不大不小的房间，灰尘不多，打扫一块小地方，适合孤独地看书、听歌和自娱自乐。每天经过熟悉的路，然后，在一个没有声音的地方独处，一开始是害怕，后来是习惯，最终是释然。

还不算太成熟的我们，终将会在情感上纠结，猜疑、担忧、幻想、敏感、激动、停歇、患得患失……烦琐的事太多，不如在心上某个地方，留下一张白纸，将胡思乱想画上，成为应有的底色。

对他不放心的话，就不要放在心上。他所做的事情，令你快乐的，你微笑；令你伤心的，你微微一笑。你会发现，最终的结果，都变成了他在承担，那便是他应有的奖赏或惩罚。

身边的大多数男女往往都要经历这样一个时期，两个日渐深爱的男女，女人会渐渐地把男人排在第一，男人却不知觉地将女人排在末尾。这种感觉潜移默化，能觉察的人是少数，能完善的人是极少数。所以，总有人抱怨爱情的不完美，总有人在夜间落泪，也总有人困于其中。时不时跳出来看看，将注意力转移，身旁还有很多其他的事要做。

　　头疼，心很累，没有胃口，对未来担忧，睡眠不佳，想来多是因为牵挂。牵是万事的牵连，挂是多情的挂念。置身于其中，摆脱不了，不如净空，无杂念，夕阳在天边走远。

　　杯子丢了，上次摔坏了边框，没舍得扔；很久前丢过一次，在椅子靠背的缝隙里瞥见它的身影；这次直到口渴时才想起，已然找不见了。它以这种方式来怪罪我的疏忽和大意，我甚至想不起最后一次见到它是在哪里，而这几天对它的思念，远比过去一年还多。人对人也是这样，只是杯子不语，人心不语。

　　时常看到别人的书里提及修身养性，我总以为，属于本性的东西，难以扮演，难以效仿。喧闹的酒吧和清净的寺庙，没有差别与界限，同为灵魂游荡之处，灵魂的概念里，或许本就没有酒吧和寺庙之分。

　　将心沉淀是一个漫长的过程，稍不留神，又会重返原地，来来回回，往复不断。一瞬间，一个转念，是远远不够的，当你想停下来的时候，思绪却停不下来，突然觉得心和脑不相干，而后感觉六神无主。没有办法，但当写下来的时候，便看开了很多。文字是一种安慰，可以把一些心事留到明天，或者明天的明天，哪怕只是一点点，也是一种分担。于是提起笔，眉梢开始舒展，希望更多的人可以尝试这种方式。

我向来不喜欢手牵着手，无论是亲人，朋友还是恋人，我总是习惯拽着他们胳膊的正中间，他们的手臂便会不自觉地放松下来，收起任何力气，自然紧贴进去，觉得安心。细想了下原因，不单单是因为手心容易出汗，也觉得手牵着手像是一根怪异的线，连接在两人之间；拉开以后，还是有两只手臂的距离，或长或短，一前一后，松不松开，往往都在于牵着你的那个人。然而我喜欢的这种方式，完全在于自己。

如果无法掌控他的过去，那就让他自己来处理，孰轻孰重，终究会有个结果，你在乎与不在乎，那个结果都会由他来决定。每个人都会有抹不去的记忆和刻骨铭心的经历，每个人都会有空间，如果不是他的最爱，终究会被取代，而他的位置终究也会被别人取代，这是一件很公平的事。无须在意那些原本就与自己无关的记忆，与他有关的，让他自己去断定，如若没有那份能力，自然也没有更好的能力再次去爱，无法再次爱人的人，不会是很好的爱人。

打电话久了,耳朵有点疼,窗外的风有点凉,秋分,收获的季节,有喜悦,有萧瑟,坐在位子上,哈欠接连打了几个,和桌上的书本格格不入。突然想放空自己,可惜只能空得一时,空不得一直,累就让它累吧,没有目的会吞噬光阴,所以,起身洗把脸,看清前方的路。

睡一次懒觉是一种幸福。初醒的时候在床上躺上几分钟,回想昨晚的梦境,回想梦里的人,像是昨天刚刚发生过一样。梦到多年的老友,梦到喜悦的片段,梦到想做而没有做的事,梦到曾经梦过的地方,然后转念,想想现在和未来,决定做一些事情。

看清楚一个男人很容易,看心,最初的心,心是怎样的,犯错的尺度会有多少,要有把握。如果认定自己丢失了辨别的信心,以及无法应对善变的能力,自然也要舍得抛弃,愈早愈好,因为还会有人,让你无须费心费力。

人们常常在事后才会反省、知错,却不能原谅旁人在事后知错,这是一种奇怪的现象。

傍晚出来吃饭,空气中有灰尘飞舞,一家没有房梁的小店,只有胡乱搭起的棚子,热衷于她家的手抓饼又香又脆,所以常来吃。时常碰见一些工人,看起来大都四十出头的样子,也不乏有一头白发的老汉,衣着破旧。我喜欢看他们的鞋子和脚踝，尘土、破旧、瘦黑却硬朗。我一般不抬头看他们的脸，每每问起价格，他们总会连问两遍。店主是个热心的女人，是常客自然待他们很好，我则默不作声听他们有说有笑地吃着。很久以前有一好友问我："你说他们这些工人看到自己辛辛苦苦盖起的大楼一栋一栋地竖起，却没有属于自己的一间屋子，他们会是什么感受？"想来，我希望他们是没有感受的，也是不想有感受的，不然不会有这么一栋栋大楼安全地竖起。善良而伟大不过是一砖一瓦的事情。匆匆吃完，还有自己的事情要办，起身时，听见一工人的声音，裹上灰尘的声带，沙哑而浑厚，是在问老板娘寻要几个大蒜。突然觉得在这个换季的节点，感冒药的价格未免太贵了。

身材的好坏，和衣裳的面积没有任何关系。但衣裳的面积，却和投来的目光有着不可否认的反比关系，这是件很有趣的事情。我想起了亚当和夏娃，那时候还没有衣裳，却有着最纯洁的爱情。

月儿很圆，像是悬挂在天边，突然觉得立体，默默守在空中，内心有些许烦闷和压力，对着月亮许下愿望，当作是寄托与安慰，注视的目光传送到它的怀里，在心间碎碎细语，或是分享，更多的是期盼。路过小商店，买了牛奶，滋养一些细胞，制造一个温暖的梦，金黄、满意。

楼下有收废品的老夫妇，头发苍白，黑发夹杂其中，藏住了年纪。金耳环，紧身裤，女人身材轻巧，干活麻利，见到有人送废纸、破被子，便迎上去，脚步明快，面容间有皱纹和笑意流露，男人在一旁帮忙，两人微笑，看上去格外默契。我路过，走近的时候，特意看了一眼，还是没能看出年纪，虽然有白发掩盖，依然能感受到他们活跃的心。突然想起了火车站附近拐角处乞讨的健康老人，或许他们有着同样的年纪，却有着不同的生活态度。

空气透亮，鸟儿叽喳，多亏了昨日的小雨，校园里，空旷静谧，想一直停留下来。在树下找个石椅，依在树干，或者，爬上树枝，摆动双腿，又是极好。想到以后的房子，一定要有树木花草鸟鸣相伴，觉得整个屋子都充满灵气，人也景气，伸开双臂，闭着眼睛，阳光尚暖，是上天在庇护我的安然。

吃了大蒜后，口含茶叶，可以轻松去除气味，花生也有同样的功效。

思想，是一个很有趣的东西，每个人都拥有一部分，而缺失另一部分，有人相似，有人相违。现在看来，人生的伴侣若是能在思想上有共鸣的地方，便是件很有福气的事情。若是相违，必定总会在吵闹中度过一生，有人选择放弃，而有人选择坚守婚姻。若是有个能懂的友人，也算是一种寄托，若是伴侣，便没有什么遗憾的了。总觉得只要在思想上有相通的地方，能够交心，能够谈话，就没有什么不可原谅的地方。无论什么事，都可以让两颗互相懂得彼此的真心去解决，可现实，的确难得，甚至，求之不得。人们忙的时候，就不会去管思想，所以找不到事情的根源。找到根源了，突然发现解决不了，还不如不去要求。总有人说只有自己最懂自己，或者，就连自己也不懂自己，于是，不了了之，然后就会在如此这般的感慨中度过此生。

人们总说，说出来的事就算是过去了的事，只有说不出口的事，才是真的烦心事。我倒认为，只是人们表达感情的方式不同，不可以偏概全。

压力大的时候，人会睡不着，或者睡不醒。心态是个无所畏惧的东西，难以调节的人是痛苦的。往往这时，需要选择的，是做一件喜欢的事情，放空，听歌，看书，逛街，吃东西，谈话，或者强制克服。在写这段话的时候，突然想到了一个或许更好的方法，那就是遗忘。忘记此时的心态，忘记它的存在，尝试着做到，是一种平凡的突破。

成熟或许只是一夜之间的事情，苍老也是如此。

每个人都有疯狂的时候，起身，一个决定，什么也不带走，什么也不留下。洒脱一次，你会发现没有缺少什么，而得到的是记忆，关于年轻，关于奋不顾身，关于倔强的追逐。

谈及婚姻,我并不觉得害怕与陌生,但对于父母的关心和忧虑,能够感受到它的重要性。然而对于我来说,这个重要性是相对于他们而言的。突然觉得自己是不负责任的,但每个人的思想不同。没有办法,自己的一生,始终是自己的一生,即使有伴侣、亲人、孩子,但仍是自己的一生。步伐和抉择都由自己来把握,别人的经历永远是别人的经历,那些会成为典范的例子,更多的是警告。无论怎么去担心、忧虑,婚姻之中该发生的事依然会发生,该面对的挫折、困难依然会发生。就像是过来人教着过来人,但过来人仍然会成为过来人,没有绝对的万无一失。我大概还不太明白,我觉得婚姻的保障,不是物质,不是感情,而是自己,自己的心。时而想来,婚姻,似乎是自己一个人的事情,这些猖狂的话语,自然有它猖狂的意义。

当男人学会吃喝玩乐在社会上摸爬滚打的时候,已经成功了一半,也失败了一半,成功的是物质与追求,失败的是生活与自我。很多人都明白,很多人也都在陷入。

最近看新闻,总是有很多意外,觉得生命格外脆弱,越长大越害怕。以前并不这么觉得,可能是年少无知,也可能是忽略了很多,于是觉得人如果有个信仰,则是一种庇护和支撑,所以心中要有一个守护者。它可以不存在,但它的精神可以作为支柱和陪伴,这样会好很多。我总相信有神明的存在,我也总觉得善良的人会有自己的守护神。虽然很多事都始料未及，但心中满怀着目标和希望，就不会那么容易被摧残。有很多事做的人，一定也会避免很多事的出现。

天阴的时候，人格外迷恋睡觉，床就变成一个温暖和安全的地方。一整天太阳不露脸，只有云在装点天，出来走走，吹吹冷风，不能太过于懒散或安逸。闻到饭菜香气，不免有些想家，想妈妈亲手做的饭菜，特别是逢年过节的时候，会做得更加可口。总觉得人这一生其实很忙，忙着生活，却总是把忽略重要的事当成是一种历史的趋势或是习惯，比如亲情。大多都是因为追求，追求着也失去着，没有办法，一旦人人都想通了，社会大概也止步不前了。

如果天晴了，就好好呼吸，将烦心的事散落在一片草地，无论丰茂、枯寂。出来走走，晒晒太阳，还好所有的人都可以看着同一片天。

总会抵挡不住美食的诱惑，明知道胃会难受，可还是可以不舍地再添上几口。这是件快乐的事，是一种明知道后果，却毅然飞蛾扑火般的举动。过于贪恋，似乎忽略了知足常乐，得到了教训后，仍会不知悔改，停不下来。想来，是一种爱好和习惯，更多的是满足欲，无休止的欲望。控制不住这种小事的人，毅力也不够坚定，可以用其他的品质来弥补，比如乐观和顽强。

和亲近的人聊聊天，会收获很多，即使对方不是很了解自己，却可以发现会有自己影子的投射。人，在社会潮流之中，若隐若现地迷失，或者看着自己慢慢迷失却无力挽回。大多数人过着自己不想要的生活，却没有用尽全身力气退缩，追寻另一种生活。一辈子匆匆而过，遗憾的比得到的要多得多，不如就多用些力气吧。

人们总选择一条容易的路，却忘了当很多人挤上这条容易的路时，也往往是最难的路。然而最好的路，在我看来，应该是走自己想要的路，无论难易，与之毫无关系。

换一种心情有时很难做到，用开心的事，把不开心的慢慢填满，或者，不要再次回想，的确很难做到。不如就让自己变得幼稚一点，比如买些糖果，不同的味道；多认识些人，不同的性格；多做美好的事，转移注意力，比如读书，或者睡觉，修养心和大脑，再多的事都没有心和大脑重要。

想一些事情，会觉得矛盾，在你眼里很好的人，也会做出令人发指的事，比如单纯的人会心狠，专一的人会玩弄，诚心的人会背叛，微笑的人会无情，面善的人会算计，直白的人会说谎……有人常说，时间久了才会了解一个人，但事实上，时间久了人也会发生变化。优点慢慢被发现，缺点也会慢慢增多，而优缺点有时会是相互矛盾的，所以没有绝对的好与坏，能做的只有更加清楚地审视自己，方能达到心安。

叶子黄了，落下的，回不来，未落的，也回不来，时间静止了，仍不能回来。它长出嫩芽，钻出来的时候，就已经回不去了。人也是，当提到从前和过去的时候，那些已经是失去的东西了，失去了所以没有，所以不必在乎，也不必计较，不必增添没有的东西，不必被从前困住。

迷路是一件很有意思的事。当有一个固定的目的地，人们迷路的时候，大多都想自己走出去。有些人爱问路人，有些人则喜欢自己去发现，有些人则选择直接坐车抵达，有些人则不知所措。当没有钱或手机没有电的时候，大多失去了发现的兴趣和抵达的欲望，而陷入焦急中。抱怨或是无助，情绪大都是这样，而真正迷路到最后的人却少之又少，所以纵使有很多人迷路，但大部分都不会真的弄丢。

人发呆的时候，时间过得很快。发呆是一种虚度光阴的享受，在某种情况下，和睡眠有同样的效果。

天气突然转凉，终于有了冬的气息，很喜欢看口中呼出的白色气体。缩着脖颈，起风的时候，人们便加快了步伐，能感受到空气的冰冷打在脸上，似乎能阻挡毛孔的呼吸。若是婴儿的肌肤，必定是干涩的红，让人疼爱。我不大喜欢冬天，却总期盼雪的忽然飘落。我想我还是喜欢冬天的，就如我喜欢夏天轻佻的衣衫，却不喜欢炎炎烈日一般，是一样的喜欢。

习惯了等待之后,时间过得一样快。

如今网上负面新闻太过于左右人的思想,就好比赌博,最终的输家,依旧是参与其中的所有人。

和一个人相处其实很简单,就是做好自己。

只有想被关心的人,才会察觉到不被关心,才会觉得不妥和失落,所以不要过分依赖,依靠不是用来依赖的,而更多的是停靠。

喜欢隔着车窗看外面的天空,总觉得那是一种不知名的颜色。我相信每辆不同的车所看到的天空都是不一样的,神秘而安逸,可以放空一段思绪,或喜或悲。以这种方式为寄托,摇下车窗,真的天空就会出现,伴着清风,是一种喜出望外。

晚睡的习惯不好,要记得慢慢改掉。

当你拥有一种思想的时候,你会变得富有。

江山美人,若说江山如事业,爱人如美人,二者难为兼得,至少在这个鱼龙混杂的社会已经呈现出这种趋势,或是先事业后爱人,总之不能兼顾。不如换个思维,实为美人如江山,爱人如事业。大多时候,一个真的能够深爱爱人的人,在事业上方能懂得周全，因为美人不见得易于江山，而两者并非取舍或是先后，而是互补与贯通。

也许我会忘了你，但不会忘记你的怀抱。

晚上，看到玩杂技的小伙，十五六岁的样子，样貌相当普通，发型还算时尚。只是在这个寒冷的冬夜，他的衣衫过于单薄，肌肤在灯光下，仍不消风吹日晒的色泽。他身后的猴子，是上一场的表演者，看着周围的人群，眼睛瞪得老大，而他，没有微笑，也没有紧张，只是认真地表演完他的杂技。在我看来是常人很难做到的那种，能做的只是给予掌声。人群太挤，我从人群中消失，背后，不时传来阵阵惊讶和笑声，夜更冷了。

最近看到朋友转的一句话，觉得很好，最美好的童话，无非是一同走过柴米油盐的日子。

坐公交，人很多，向来晕车的我自然抵不过停滞的空气，呼吸很困难，头痛烦闷。此时只想闭着眼睛睡着，这样就没有感觉了，可往往又睡不着。我整个人用手腕的力量支撑着，一人给我让了座，车上没有一个像他一样的人。鞋子脏得没有颜色，老旧的白色外套已经发黄，裤子不知被揉搓了多少遍，却仍布满了灰尘和泥土。他手中的包裹，底部已经被磨破，我想提醒，可觉得包裹里的东西一时不会漏掉，就没开口。我推辞过，但我的推辞慢于他的热诚。我坐下，他只站在我身旁，直到他下车，我还在观望，多么善良。

生活会让一个人明白得越来越多。知道一个人在说谎，而那种谎话影响不大，就不要问他，因为即使问了，他还是会说谎。后来，他不想说就不会说了。

如果坐过站了，没有什么急事，不要慌忙换乘赶往目的地，下来走走，感受计划之外的风景，然后回去，也不枉此行。

斧头最难劈入的树瘤，恰是当年树木折断后愈合的伤口。

和好友一起，想吃糖炒山楂。她陪我找了一圈，我已经不想找了，她还执意要找，是因为我想吃，只是最后都没能找到。已是四月，糖会融化，摆放山楂的那种小摊位没了，山楂外面包裹的糖，是喜欢清冷的，最后她给我倒了杯热水，很温暖。我从没当面说谢她，有些人，是说不出口谢谢的。

坚持一件事很难，比如叮嘱一个人记得按时吃饭，记得盖好被子……可是为什么这么难，正因为它太简单。

没有人能随随便便成功，当你想要放弃的时候，给自己不放弃的理由，然后坚持下去。其实成功的路上只是看上去拥挤，因为坚持的人很少。

早上出门，总觉得有些东西忘带了，大概是数据线，于是从包里拿出钥匙，又返回开了门，进门看了看。屋里并没有数据线，原来东西已经放进了包里，只是和钥匙放的不是同一个位置。我怪自己有点犯迷糊，本就应该先看看包里有没有，然后再决定返回的，那样就不用从三楼跑到五楼了。很责怪自己，出门的时候，又突然想到，其实是忘了带一包餐巾纸。于是又庆幸，回来是对的。生活往往也是这样，你的目的不一定就是你的结果，但那种目的会牵引你走向一个结果。如果我真的把数据线忘了，返回的时候正好拿到，那么我总有一个时刻会想到那一包餐巾纸，或许是在一楼，或许是在吃饭的时候。

一好友失恋，四年的感情以分手告终。三个月的时间，哭丧的脸，皮肤发黄，寝食难安，足以让一个女人枯萎。她觉得世界是丑恶的，而世界觉得她是丑的。她人本来很标致，身材和长相，毫不逊色，只是没有光芒，她便暗淡无光。我知道她很要强，要强的女人脆弱之后会变得更强，最终拥有自己的高光时刻。

如果觉得你的爱人，随着时间延长慢慢淡去在意和关心你，没关系，每段感情都会有这个过程，每一分好和爱都值得守护。先把他当成要感激的朋友，毕竟他曾经为你做了很多付出和牺牲。当把他定位为朋友的时候,以朋友的处理方式来对待生活中的细节,接下来的决定权就在于自己了。是永久的朋友还是暂时,依照你的舒适度。若是这种情况出现在婚后,更不要觉得痛心,去将他当作最初的恋人,而不是丈夫,最后的决定权又在于自己了。是永久的夫妻还是暂时的恋人,依照你的幸福度。掌握着决定权并不是去要一个结果,而是当你真的能够掌握的时候,你想要的感觉会慢慢回来,结果便潜移默化地注定了。这过程需要经受极大的内心煎熬,而这取决于你对这份感情的看法和个性。

如果上天赐予一个缘分让你遇见,自然会接着赐予你一些磨炼。

没有什么是不可以原谅的。我以前总觉得这是在宽慰自己,后来发觉,一个以生命为底线和界限的人,会洒脱很多。

爱情不仅需要认真,而且需要一直认真。

柳絮纷飞,很少有人闲下去看。在某个画面里,柳絮,是五月的雪,在阳光里,忘了融化。

人们总说爱情不是生活的全部,生活是现实的,可经历会告诉你,二十岁,三十岁,四十岁甚至七十岁,无论你年轻或者年老,由生至死,爱情是随时爆发、油然而生、招架不住的，值得人们一生去赞美。

在火车上，旁边一对中年夫妇，之所以那么肯定，是能够感觉到两人的气息如出一辙，衣着，话语，眼神，动作。只有两个座位，我靠窗边，他坐我身边，女人在他身旁，坐在行李上，静静地趴在他腿上，闭眼、安宁。男人不时替她抚开挡在眉间的碎发，抹去汗水。我醒来的时候，两人一起看手机里孩子的视频，不停地欢笑，黝黑的皮肤上，皱纹开出了一朵花，我闻到了花香。

社会并没有为难任何人，是人在为难着人。

那个教会你成长的人，永远只是你自己。你愿意成为什么样的人，就会成为什么样的人，与他人、社会、周围无关，全凭你自己。所有借口，只是借口。

今天看到一段话，觉得很有共鸣。"五岁时，妈妈告诉我，人生的关键在于快乐。上学后，人们问我长大了要做什么，我写下'快乐'。他们说，我理解错了题目，我说，他们理解错了人生。——约翰·列侬"幸好，我一直追随着，好的不好的，我都爱着，也感谢着。

拍天空的照片，觉得很美，那些不为功名的摄影，往往是平凡的人用普通的镜头随处拍到的风景。

一旧友跟我抱怨友情，说物质社会已将所有人腐化，我说要接受和面对现实，一个时代总有一个时代的特点，它是怎样，会由历史来决定。对于朋友，即使牵扯上现实，于我来说，相处起来也很简单：我没钱的时候，我会陪你；我有钱的时候，我会更好地陪你。

我很怕三样东西：水、狗、欺骗。我觉得水很可怕，可能自己一辈子也学不会游泳，但每当一头扎进水里呛到喉咙的时候，还想有下一次尝试的机会；小时候被狗追着跑过，后来连续好几年但凡做到有阻碍的梦，大多都是遇到了狗，但看到喜欢的人抱着狗会很开心，也会觉得狗是可爱而忠诚的；谎言是一种假性的语言，被欺骗的时候会觉得心痛，加重了谎言本身的伤害，但每每被欺骗时又让自己尽力去理解、包容，到身心疲惫后总想看到好的一面。于是觉得，最怕的原来只是自己。

幼稚的人很可爱，幼稚的事也很可爱，但幼稚的人办幼稚的事就不那么可爱了，所以该成熟的时候就站起来。

天气时而很诡异，诡异到你看着外面的雨停了，便想去洗衣服，而洗完衣服，刚要拿到外面去晒的时候却又下雨了。你放回衣服，等雨停了，乌云散了，放心地去晒。当衣服要干掉的时候，却又被突如其来的大雨淋透了。你收回衣服重新将它们洗净，天却黑了。人生最崎岖的事，不是被捉弄了，而是被各种摧残后,人生仍存在着。

和不同的人在一起,饭菜的味道自然不一样,这是一件不得不承认的事情,若从科学的角度,必定也能找出应有的解释。除非是有标准的美食评比,大概会有它本身的论断。然而对于平常的生活、心境,才是一道菜品真正的调味料。

上大学的时候,室友很在乎她的头发,每一根都很在乎,只要看到发梢发黄或者分叉的地方,就会立马除掉。就这样反反复复地去修剪,看不到多余的杂发的同时,也看到了她不停在修剪,头发自然很好,却需要不断地去呵护。相比头发,我觉得她的眉毛格外好看。时间久了你会发现,越在乎越想呵护的东西,永远变不成想要的模样,因为当你在乎的时候,更多的是看到它的瑕疵。

一段感情,不是谁认真谁就输了,往往赢到最后的那个人,正是因为他无畏输赢。

失去了什么并不重要,伤害才是伤心的根源。不要将失去的和所受的伤害混作一团,因为,失去是自给的,伤害是外来的。自给的失去了,便不该埋怨自己,而外来的伤害,随着时间会痊愈,那么这样,你会承受得更少。

当你不相信的时候,不要去问为什么,因为你得不到解答。女人的直觉往往比事情的真相更加重要，你想确定的往往是直觉的正确与否而非真正的答案，所以控制好自己的直觉，往往可以得到应有的答案。

　　看到过一句话，觉得很好：人不可能每一步都顺利，如果你认为某个人每一步都很顺利，那只不过是因为困难都被他吸收和消化了。

　　得不到成功的人，自然体会不到成功后的烦恼，而那份烦恼在人们脑中显然小于现状，所以有很多人在追逐成功，而另一部分人在追逐成功前的成功。

　　如果我不是最佳的选择，不要向我表露你的心意，也不要承诺任何事情，更不要给我带来伤害。我是一个平凡的人，成功不会给我本有的人格加分，失败也不会将我的人格摧毁。这一生，只进不退而非尊卑。

　　责任是互相的，而并非只是男人对于女人。

　　工作的时候能够回忆起高中的人，是件尤为幸福的事情，尤其是在窗外还下着小雨的下午。组稿时，同样的名字发音让我想起了她，现在回想起来，她真的很美，皮肤、眼睛和嘴巴，精致而动人。高中时并没有去大加赞美，现在倒有点自责和后悔了。后悔的是我同很多人一样，嘲笑过她的纯真，我们当时把那叫作"做作"，然而现在觉得，女人就是她那样温柔而细腻的。我有个老朋友很喜欢她，他说她的眼睛会说话。后来我细看了，她的眼睛真的会说话，以至于现在回忆起来很怀念她那双眼睛。后来，我的那个老朋友又喜欢上另外一个眼睛会说话的女孩。再后来，陪在他身边的，在我看来并不是个眼睛会说话的女孩，我想大概是心会说话吧。然而高中时，我们的心总是沉默的、羞涩的。她离开学校最后见到的人是我，我陪她做了头发。走的时候，她送我一条纱巾，粉红色的，不知丢到哪里去了。我总是这样丢三落四的，不然，这个秋天绝对适合围着它。

经常听到"你不配爱我，我配不上你"之类的说辞，其实我觉得爱一个人，并没有配上或配不上之分。真的爱一个人，只想去拥有，即使放手，也是因为无法拥有，并非配与不配。考虑到配与不配的，够不着爱情。

你对过去念念不忘的原因，并不是因为过去多么重要，往往是因为现在过得不好。如果你的感情陷入了危机，甚至破裂，什么都不要去想，要暂时只爱自己。

心情低落的时候，总觉得心里有个东西堵住了，一直往下沉，陷入一个死角，不能呼吸。解救的办法只有转移注意力，放声去笑。

做有成就的人，而非只是成就本身。

人们常说，没有谁离不开谁。在我的定义里，爱是离不开的。那些错过的、离开的，是另外的一种情感，只是没有找到很好的代名词，而后人们感慨爱情的稍纵即逝又探讨保鲜秘诀，把维持爱情当作问题来解决，煞费苦心。爱情是简单的、平凡的，也是极致的。它该由真正幸福的人去定义。

北京的雪让我想起了校园的雪，下雪的日子总能让我回忆起在宿舍的日子，暖暖的被窝，看不完的剧情，说不完的玩笑，吃不完的零食。我很怀念那些日子，和同住一个屋檐下的人。

上班后体质大不如以前，开始注重睡眠、营养和尽量保持内心的平静。成长其实是件有趣的事情，不用害怕暴露自己，不对的地方，一件一件地处理，不足的地方，一点一点地改善。

要有随时准备出游的好心情，随时拥抱自然的空灵。

早上出门，叮嘱拿衣服的，是母亲；我拿了，也没穿，是自己。我爱我的母亲，毋庸置疑。她觉得我一直不听话，但她一直会叮嘱我拿衣服。我的母亲也爱我，毋庸置疑。

并不常写观后感，记得之前，一女生常读我写的三三两两的句子。她是少数民族，笑起来好看、温婉。后来，我怠慢了，说是怠慢，其实是丢了习惯。良久后，我才拾起这习惯。我不太爱用矫揉造作之词和生僻字，我本无多少墨水，也不认识，只写些三三两两的句子，可她喜欢。她说喜欢，对我来说意义非凡，饱含深情的赞美，包裹着心，我视为珍宝。我时常怀念她，即使从不讲话。《肖申克的救赎》，观完心安，瑞德和安迪的拥抱，太平洋一般饱满。人生的监狱是有形而无形的轮廓，我时常在里面，时常出来，如今已分不出里外。似乎，它们早已融为一体。这种模糊感会随着岁月流逝而越发清晰。我不着急，我尊重岁月，尊重结果。每个人，或许都有牢笼，拥有不完全的自由。这份自由很宝贵，于是在乎的多了，反而狼狈，不在乎了，反而没有狼狈感，对不住这挂名的自由之躯。充实，可拿琐事繁情充之实之，可拿虚幻之感充之实之。无论如何，让这份身躯不至于太狼狈，刚刚好就行，狼狈本就在一起。

午睡，梦见"梅""良"的信件，第一次有这么深刻的画面感，醒来却忘了内容。原来几行字读三遍便能入梦，一本书读完，记住的不过几句，倘若不读，一句也不知。有时，一句就够了，或许一个字、一个符号、一分感受就够了。有几个爱读书的好友，可谓见多识广，而从不表露，与之相比，我太过简陋了。可细细想来，思想上的东西，怎可比较，我们都是不同的影子，加之不同的灵魂，都是作品罢了。

发生过的一切都是真实而通透的，真实而通透，无须隐藏，去晒太阳，去吻星光。

伤害，是一件可悲可喜的事情，没有绝对的、纯粹的伤害。木心说：哪有你，这样你。五年前初听此话，出自一学长之口，当时并无过多感慨，如今想来，其造诣绝非空壳。他格外赞扬木心，话语中 10 句有 6 句是木心。我可做不来他那样的痴迷，我没有膜拜的作者，也没有赞扬谁，我只淡淡地欣赏，淡淡地，就像差点忘记刚刚的主题是"伤害"一般。说起伤害，我虚心接受伤害，就像虚心与自己共处一样，我想每个人都可如此。

刷鞋的时候，适当调高水温，如果放一些动听的歌，刷出的鞋子会更漂亮。

我并不想从书上得到什么，别人会笑话，瞎读些什么。我读书跟处人一样，我并不想从人身上得到什么，我想别人不会笑话我了。有些人用计处人，有些人用心处人，有些人用心计处人。首洒脱，中干净，尾利落，都为世人，择优处之。

今天整理鞋子，发现好多鞋子，好多旧鞋子，好多要扔的鞋子，不知道怎么整理。鞋子与鞋子之间不能搭配，一双鞋子就是一双鞋子。几件衣服能成很多套衣服，而鞋子，有一双便是一双。鞋子就显得少而重要了，可大多数人敢光脚走路，却不敢光着身子走路。

我可以毫无掩饰地哭笑，心如止水，而很多人不哭，心却生疼。所以不必过分期待与滥用"一见钟情"，等头发花白的时候再去考量。

快递小哥有很多种色彩，这个世界离不开他们，更离不开出色的快递小哥。

夜间与一老友聊天，上次联系还是结婚时的一通电话，是位秀气的男人。之所以用秀气来形容，除了眉目、笑容、语调，乃至整个步调和身影都有秀的存在。其为人低调、稳重，说话文绉绉的，对班里的每个人都彬彬有礼，除了课本上的知识，博览了不少课本外的知识，都成了气质。上学时，我们很少说话，没办法，人生中总是有这种很少说话而成为"老友"的人。嘘寒问暖，聊了聊工作，已然很晚了。我问他最开心的事是什么，如我所料，当然是爱情，其次是能让双亲过上更好的日子。孝顺与爱，这样的男人，注定是随时拥抱幸福的人。与之交谈，感受到的真诚与暖，不亚于看一场饱满的电影，读一本斐然的书。夜深了，道了晚安，我回想自己的生活，多了些许心安，最开心的事一定是不能变的。

人的一生，圈子不会太大，即使被全世界熟知，依然不能跟每个人握手。要珍惜能够握手的人，他会伴随你的一生，给全世界所不能给到的温度。

与一女友聊婚姻，我很坦然地告诉她，如果可以打分，我给这份爱60分。爱有时候并不是非有即无的，有些人带着满分的爱，却无法做到无微不至；有些人带着满分的爱，却不会爱；有些人本无爱。我们只能给自己的感受打分，他那里的分，我们不知道，也无须太过计较。日子还长，人会走会留，分数会增会减也会不变，而你只有一个。

最好的幸福，是一个人不说，另一个人知道怎么做，而这两个人，恰好在一起。

与情感能抗衡的，是理智，凡理智能够阻挡的，并非极致的情感。而令人理性的，是情感与理智的权衡，我们大多数人，都是理性的，所以不常有惊天动地。

男人和男人可以在一起，女人和女人可以在一起，男人和女人可以在一起。这世间的情感，向来是没有男女之别的，所以无论作为男人或是女人，都不要觉得自己比不上旁人。

最好保持学习的状态，无论是学习，还是受伤。

一个女人，难以克服自身对男人的需求感，麻烦的事，就会越来越多。鸡汤很多，倡导女人独立、强大，而误会也很多，毕竟每个女人，看到同样的句子，会获取不同的重点。大多数人，都忘了真正的自己，离幸福，终归越发遥远。真正的独立与强大，与有没有谁，靠不靠谁，为不为谁，大都无关。

我总以为，没什么先爱自己，再爱别人。爱是没有秩序的，爱是我们的本能，不爱也是。愿意就去做，不愿意就不去做，犹豫的时候就犹豫，决绝的时候就决绝，真实而通透地活着，再好不过。

人们戴上口罩，露出眉眼，美的人数不胜数，生气难分辨，笑意却明显，似乎戴上口罩，整个脸都安静了。

离婚，不一定是差的婚姻，两个白头到老的人，也不一定是好的结果。这世间不该有太多偏见，也不该有太多反对偏见。

真正爱你和真正了解你的人都不多，而这两类人，往往不会是同样的人，所以，那些因了解而生出的爱，通常能够长久。前者，都容易错过，后者，却也难得。

收到朋友的画，很开心，即使自己没有标准的审美能力，但开心的标准，是自己定的。

在小区广场上晒太阳，孩子与其他小朋友在一起，她会选择她认为能够相处的大朋友。确定以后，孩子一上午便跟着她，大朋友也会一直带着她，信任真的很简单。

无论男女，都有心口不一的时候，能看出与否，大都无关紧要，紧要的是自己决定如何爱与如何对待。

闺密这个词我很少去用，我常说关系好的朋友，了解我的人，可倾诉的对象，真心对自己的人，诚意守护的情。我常不会被旁人的话左右，但愿意与之交流，对方也知道我大多不会听，但又愿意设身处地为我着想。这样的情感，为人间美事，所以我总是爱耍小性子。

真真实实的幸福和真真实实的不幸福，都是好事，都好过自欺与欺人。

今天看到阳光正好、繁花盛开，却突然想到：谁能在盛夏取一片落叶给我，亦是解脱，实在笑话。

我时常觉得父亲不会老去，其实不然，只是不想承认，也很少感叹，人自有生老，都为常理。上学的时候，同学常羡慕我，只要自己请病假，父亲就会非常配合。我的父亲是个搞笑派，生活乐趣无穷，其潇洒乐观的性格对我影响至深。大多数儿女对父亲的情感，常如朱自清的《背影》一般，只是现代社会，稍开放了些，很多感受变得活泼起来。往往意识到自己变老的时候，眼里的父母，似乎也老了许多。

不要刻意去等一个人，也不要有意无意去等一个人，去寻求真实。

每一个决定，大多都是在发展中呈现的，"决定"往往只是一个代名词，好比你放下一段情感，童年的经历，错过一趟车。它只代表一个过程，而后潜移默化地滋生各种影响，萦绕心头也好，自我成长也罢，它不会停止，像正无穷一样。每个人拥有很多的正无穷，有的被遗忘，有的被铭记，但它们都是正无穷。你跳出来看它们发展，你便出来了，你随它们一起发展，你也是正无穷。发展和变化是一般规律，无须太过纠结，任其发展，任其结束。

每个人都应有从伤痛中痊愈的能力，稍高格局的空间，一类熟知的朋友和爱自己的特权。

凡不是真爱，难逃离与弃；反而真爱，又难在不离不弃，二者不相上下，不可论高低。

一般情况下，时间往往精确到秒，一定有它的道理。

最近发现一个有趣的现象，当一方尊重另一方的知识，一方尊重另一方的经历时，双方互利共同完成一件事实属愉快。论及身份、地位，多有不同，至少在如今的社会层面上异常分明。有时想想，身份、地位代表什么，往往是你认为它代表什么，它就代表什么，而太多人，有着过于迷茫的向往。

有时候，我深知我的错误，又深知那是对的，那么它就是对的错误，便释然了。何必与错误过不去呢，那是我的一部分。

都说爱一个人，可以低到尘埃里，成年人的世界里，往往都有潜移默化的前提。很多人，会拿这句话来填满自己的深情。如果他或她愿意与你一起低到尘埃里，或是落下来，落在你身边，可以待在尘埃里。如若不然，大可扬起头颅，望向更远的地方。

跟朋友聊天，他说自己近来如何混乱、痛苦，工作并非自己所想，只为生计却难于处世。我说一个企业无论付给你多少工资，都买不来你一个月的时间，挣钱的方式有很多，两者不要过多掺杂。想要做的事，要用心去做，不想做的事，转换成自己喜欢的方式去做或者不做。生计不会阻拦一个人，有时间和头脑，还有双手空余，可以将难过搁浅。

牺牲一些东西，就会得到另一些东西，两者若是自己喜欢的便好，不要失去一些东西后，得到的，依然不是自己想要的，那样的牺牲就显得毫无分量了。知足，在某种意义上，并不是不想去拥有，而是时刻让自己感受到守恒与饱满，方有知足常乐。

人生不到最后，说不清楚哪件事才是遗憾，所以大可不必用些许略带波澜的情绪捆绑自己。困住一个人的牢笼，锁和钥匙都在牢笼里。

阴天小雨，白天蜷缩在沙发上，盖着被子，听歌、看书或者打游戏。晚上，雨仍未停，拉上窗帘，躺在床上。阴天的夜晚，外面更静。阴天分很多种，今天的惬意，恰到好处。

前些年的时候，我有一段极难处理的时日，我无法处理它们，后来便不去处理，反而它们长大了、走了。它们走了，我长大了。如果它们再回来，我依然会选择不去处理，因为我比它们先离开。

朋友抱怨催婚，在合适与爱之间抉择不定，似乎将近30岁对于女人来说有了特殊的意义。女大当婚的思想从过去的根深蒂固到现在的节外生枝，自然容易让人变得迷茫。顾虑多了，就难以做决定。我没有很好的建议，只能陪她聊上几句。一辈子的事，花点时间去确认，没什么不妥，最好等不纠结时再做决定，因为纠结时下的决定，往往会让以后的路更难。

如果没有做好接纳所有的准备，勿要盲目追逐过于美丽的脸庞，于己于人，都不够妥当。

一个人变得复杂后，就难以变得简单，一个人简单了，反而所有的复杂都简单了。你简简单单地与我相处，图我这个人便罢了，我能带给你的，只有我与你相处的时光。易得的东西太多了，我只有一个，你在我眼中，亦是如此。

没有一份真情，必须要求另一份真情偿还。真情，本就是一份富有。

发小送来一堆东西，大大小小，大到家用电器，小到一个发卡，断舍离之后，我成了很好的收纳箱。她说不喜欢的东西都可以扔掉，她知道我扔东西毫不留情，且并不过于爱惜东西。喜欢你的人，不仅会精挑细选送你新的礼物，也会把她曾经精挑细选、喜欢的东西送给你。而同样喜欢她的人，会继续她曾经的喜欢，虽然我知道我也有丢掉它们的一天。

我常喜欢人自然的一面，所以我时常犯懵，本身是冲动而不假思索的人，像长不大的孩子，常被朋友嘲笑怎么动笔就成了外人。我说真实的感觉很好，好即是好，差即是差，没有大的烦恼。而每个人的性格与思想多有出入，大都又能融合，与气氛融合之人相处，可感知真我。

看到这样一个结论：世上最稳定的关系，就是没有关系，很有道理却给人很丧的感觉。我总觉得，任何关系都很稳定，与自己有关的时候，即为有关，与自己无关的时候，即为无关。

少有人在历经成长后依然保留本心，但无法保留本心的人不会明白。

把所学所得内化为自己的一部分，是伟大的事，它并非强制性地改变自我。

输了点儿年龄，赢了些年华。这句话在脑袋里晃荡了一天。年龄往往不该成为必要的区分，我们都经历过日复一日毫无成长的日子，也经历过片刻即通一夜成长的非凡。年龄对细胞往往有着绝对的意义，但区分人的，终归是思想。

如果做菜的时候能够想吃什么就做点什么，日日如此，那么时间长了，想做其他事的时候，就会立马行动并愿意品尝所有的过程，似乎有些味道。

"我很喜欢他，但我觉得他不上进，我不会选择这样的人托付终身。""她在归于家庭后，丧失了所有的光芒，我不再爱恋。"类似这样的故事，时常遇见。我在 17 岁的时候，尚未经历情伤或鸡汤般的倡导女人独立，便不承想过将我的终身托付于谁。我想我的终身，始终在自己手上。每个人都是独立的，而一生，可以选择与人共渡，或许共渡一程，或许由始至终，都是值得感恩的，也可选择独自前行，未尝不可。一段关系，若因对方不上进，不知进取而放弃，或因对方不工作、归于家庭而嫌弃，那一定还有别的原因，无须毫无头绪地自我否定或鸡汤式的奋进。从旁人处所得的影响，除了清醒，无须附加其他绝对的言论，方可不迷失自己。

人们总说，在乎一个人才会被其言语，抑或是情绪所伤。细想来，陌生人之间的冲突并非建立在在乎之上、情感之中，无须乱用"在乎"，乱定"深情"。很多时候，情绪的错觉被扣在感情之上，错乱了情场，与自己是否真心在意实则无关。先心如明镜，而后才能爱人。

人若有所畏惧地生活，有所约束地出行，是不会快乐的。如果将安全区的动物放回原生环境，有猎人捕杀，有优胜劣汰，是否，它们也会因畏惧而不快乐，不得而知。

这世间女人百态，男人亦无常态，而柔能制刚，简能敌繁。

这个社会给了会过日子的女人或不会过日子的女人太多偏见，给负责的男人或不负责的男人施加了太多压力。

看到一句话，觉得十分吻合：真正让人觉得后悔的，不是你做了什么，而是你没做什么。

男人惯用的技巧，实为真诚，不会说谎的男人和假装真诚的男人看起来其实相差不多。你怀疑、不信或者相信，结果其实是一样的，结果不会因为你信不信而改变，结果早就注定了。

我十分欣赏及时顿悟的男人或女人，成长的瞬间让生命的意义得到升华。

有些人闷头闷脑的，却把恋爱谈得如痴如醉，有些人光鲜亮丽的，去把恋爱谈得支离破碎。

人需要依着自己的性子生活，却也可以不依着自己的性子处理问题。问题是问题，性格是性格，问题有解决的办法，而人无完人，单单把这两件事情区分开来，便能开阔许多。

时代倡导的独立女性往往会使很多女人走上弯路，甚至违背自己的初衷。承受能力有多大，能不能独当一面，是性格成分的一部分，并不是因为看破了什么，或是次则的选择，抑或是被迫而走上的路，是认知一切事物与人情后产生的选择。独立且温柔地生活，是通往幸福的桥梁，它会让你觉得爱一直有，梦一直有。生命不息，永垂不朽。它应当是美好的独立，而非孤独的独立。

一旦沾上事业的边儿，需要明白：资源走在钱前面，速度走在资源前面。销售人群决定产品风格，而创新，往往出其不意，而无所不能。

这世上，往往不是越有能力的女人越幸福，越有能力的男人越能给人幸福，而是，懂得幸福的女人或男人，更加幸福，更有能力者，涵而盖之。

待人真诚在于，你无须多说一句话，无须表现自己，无须刻意为之，别人一样能感受到你实实在在的好，而不会轻信他人所言。信任，是给予对方的，而不是众说纷纭、道听途说。彼此信任的人，难有人从中作梗。

因为我不爱你，所以不管你，即使管你，由于不爱，那些方式也必然是错的，是站在自己的利益上本能的考虑，所以我无须费心，允许你做你，而我做我；如果生了爱意，若是单方的，那不叫爱情，与爱情无关的事，我不会拿同样的程度比拟；若我爱你，你也爱我，那我们必然是自私的，顾及不了太多，包括除外爱情的一切，追求、梦想、计划、人情世故、子女。爱情无须别人下定义，它永远是不变的，无论你信与不信，它总是值得歌颂的。很多人发生过、拥有过、错过、丢过，那一定是因为你追逐了什么，而放弃了它。

工作占据了生活一大半的时间，一定是使人快乐的选择，人生只有一次，本末倒置从来不是优选。轻松自在而快乐地工作，不是工作创造的，往往是人的本能创造的。它来自你处理事务的效率，与人相处的善意，学以致用的技巧，以及快速提升的捷径。

近日读到一本关于财富的书,有几句非常喜欢的句子:我从来只做自己感兴趣的事情,并且从中获得丰厚的报酬;金钱是中性的,它并不能使人幸福与不幸;如果你想做什么,尽量在 72 小时内行动,不然很有可能,再也不会做了。

时间久了便不难发现,拥有田园梦想的人往往能够在城市愉快地生存,或扎根,或更好地发展,而那些挤破头颅想要争得一席之地的人,反而更容易离开,实力与心态,自古以来便是相辅相成的。

你看到的,是社会让你看到的,而你能看到的,是你想看到的。

这世间自然没有和好如初,却有重新认识,能够重新认识的人,初识并非刚好。

我们每个人都是真性情的,有些人,能让你感到风平浪静,另一些人,能让你觉得波浪汹涌。你喜欢什么,便靠近什么;你靠近什么,并不代表能拥有什么。

其实最艰难的日子已经挺过去了,反而难过会若隐若现,那些很会爱的人不是没有悲伤,而是会处理悲伤。

旁人的言语和旁人的故事能影响一些人,但无法影响另一些人。影响的大小与人格的稳定性成反比，趋于稳定的人，遇事安稳。

她说很多人追她，很多关心、问候、聊天，但她却总觉得孤独。我说我不喜欢聊天，我喜欢面对面沟通，有时也觉得孤独，孤独的时候就闲着或忙着。她说不知道为什么，我说很多人都不知道为什么，也没必要知道，然后我们笑了。

我见过极可爱的人，是完全与年龄、皱纹无关的存在。

几年前结识的一位好友发了动态，这让我想起自己刚怀孕时与她们合租的日子。那是我第一次饶有兴致地接触油画，由于她本身是一位画家经纪人，所以家里随时都会横空出现各种画作。我是看不懂的，但我喜欢去她的房间，单单一个卧室，被她布置得十分惬意。没记错的话，她总是给自己下午茶时间和不同的鲜花。她很照顾我，这让我在无人照料的情况下有了莫大的安慰。即使我属于不会亏待自己的人，但有人照顾总是温暖而值得庆幸的。看到照片里的她在默默许愿，想起了我们在那个房间聊起的种种往事。是的，有些时光回味起来，是有香味的。

所有的经历都是值得的，包括所有的负面词汇，把遗憾从以前带到以后的人并不值得，因为遗憾，本身也是一种值得。

一次会议，教授在过书稿时顺便提问了一个学生，那学生面红耳赤，结果不尽如人意。他在读博士，学识毋庸置疑。然而紧张似乎是一种自发的情绪，它可能高于一些固有的东西，特别是在面对权威和众多旁观者时，紧张会成为一种枷锁，会让脑袋一片空白而心跳加速。这就显得，随时享受平等与平静至关重要，那么大可在不知道的时候说不知道，忘了的时候就说忘了。

买了张彩票，清楚地记得装进了包里，带回了家，结果晚上开奖时发现不见了。机选的号，不记得数字。这就让人难以入睡了。即使没有中大奖，但这种存在千万种可能性的事再蒙上一层纱时，就更加扑朔迷离了。后来彩票找到了，原来我根本就没有带回家。它虽然没中，但是我很开心。这种开心来源于踏实，踏实于清楚地知道它没中。我想事与情也该如此。

想停下时才发现，写作早已成为习惯，像抽烟饮酒一般。省了些事件，耗了些时间，窗外秋雨，梦里尚能安眠。

思想，对有些人来讲，是根深蒂固的，而对有些人来讲，是灵活变通的，要跟对的人讲，又或者保持沉默。

思想与现实摩擦时，必然产生较量，而抉择为裁判。

有些人的爱是跟金钱捆绑在一起的,你不要怀疑;有些人的爱生来就纯粹,你也不要怀疑。你能感受到的,都是真的。

当你发现谎言和实话没有区别时,是因为你不想再去辨别。

地铁门口有家烤面筋特别好吃,总是忍不住去买。美食的诱人来源于味道,人的诱人自然也来源于味道。即使那只是烤面筋,抑或是一个再平凡不过的人,也会如此公平。

一件事上出十分力,和十件事上出一分力的效果自然不同。领导者可以拥有大局思维,但落地则需要专注。工作的饱和与否,有时,并非与价值成正比。

结识不过是一声招呼。认识一个人,就会发现新的力量,认识的人越多,新的力量越多。如果你原本的力量高于此,便不会迷失,不迷失而有所得,往往便是值得。人总要留一片空间让自己随时能待着,它并非孤独、落寞,那是对自己生活舒适度的负责。

取快递时看见韵达的快递小哥睡在了中通的快递车里,那么小的车可以容纳两个人。风刮着,旁边都是快递。

闲来无事整理了一下自己的小物件,都是些十分讨喜的玩意儿。若一定要区分个高低，只有喜欢和一般喜欢，市值便显得无关紧要了。一枚迪士尼的徽章，每次见着的时候，就十分欢喜。这种看一眼就开心的感觉，如同蜜恋。美好的事物存在的意义，如果放大它，可大到成为某种神秘的力量。

走在路上喜欢看成群结队的工人，有时候看着看着，他们便成了一幅画，跟身后的背景融为一体。好几次想拍下，事实上根本来不及，只能滥用尽收眼底这个词了。

人到了一定程度，形成了固定的思维模式，信奉一些理念和准则，便会有了差池，而后便失了心性，抑或是方才形成心性。

理性的世界里，感情永远在玩弄人类，把那些非真心而凌乱的人，留给那些凌乱的人，好让旁人可随意为之。

男人在很多时候是在乎女人的，当然，只是在乎女人，而并非爱情。男人的感性是需要分人的，而女人的感性往往是分情绪的。

你可以去寻找更好的，当然没有错，而我只是我，我才不要变成你认为的更好的，我只能是，我觉得更好的。

感情在变淡的时候已濒临结束，关系的结束常常是最无关紧要的感受。那些常在分手后哭泣的人，并未真正领悟到感情的初衷，能让人哭泣的，无非是没有找到一种恰当的处理方式。有些人分分合合终究是分，有些人分分合合终究为合，那些执念太深的，终究只忠于一人，忠于从前或幻想。

如果你的实力和你的演技不成正比，有些角色，你无法演绎。

真正的辜负，往往是辜负了真的感情，而不是辜负了所谓的身份，抑或是或长或短的岁月。

这个社会，男人在向女人学习，女人也在向男人学习，大家互相学习，可不要丢了自己。没心没肺可不是最好的选择。你眼里的坚定，要留给同样坚定的人；如果没有那个人，就留给坚定的事情。

你大可跟随你的内心，离我远点就好，不要给我带来，别人给你带来的麻烦，我可无福消受。如果你径直走向我，当然，我这里也没有弯路。

我喜欢简单的生活，它能在繁华中自然游走，也能在寂静里摸爬滚打，哪里有那么多事情，值得喧哗。

如果去的时候远，回来就近；如果去的时候近，回来就远，心的归程，大概如此。

何以敌万事万物，无动于声色形神；何以观爱万千，动于双眸之间；何以至深，定于世事变迁。

温柔的人，常常更加杀伐果断。

人自出生以后，首先拥有的便是自己。将自身所学所用，并不完全用于工作，先用到爱惜身体上，而后管理时间、情绪，继而周转开来。无须过度消耗情感与生命，让它们自然生长，舍与得都不在话下。

努力的过程是旁人看不清的，要注重结果。结果的意义在于很多个结果中有过程，而整个人生往往更重过程，而不论结果。

教会自己的孩子如何爱自己，就如何爱自己的母亲；教会孩子如何爱自己，就如何去爱她。

有些事不必本末倒置，比如男人与女人之间，都说钱在哪儿，心在哪儿；往往大多是心在哪儿，钱花到哪儿，而心自有归处，金钱也自有归处。

去放任伤痛自动愈合，不刻意掩盖，让它暴露，有新鲜的空气，自然疗愈。

很多问题上升到一个高度，只是男人与女人的区别，抑或是人与人之间的区别，不要把情爱掺杂进去，把人放出来。

后来我不再认为刀子嘴豆腐心是褒义，直爽是性格的一部分，而善良人皆有之。人性的行为与内心，在达到一种吻合的梯度上，才能慢慢称之为成熟。心是十分能让人感知到的，所有的言语，都无法欺瞒。从某种程度上来讲，掌握了言语，生活方能如鱼得水。

人们总拿规则定义事件，而不知，这世间的种种，都是相对的，甚至是多对多的。

女人之间不必嫉妒与攀比，要学习，幸福的女人有很多共性，并不只是因为幸运。

看到两句话，觉得很好，大概如此，人的大脑，是最大的监狱；最自由的身体，蕴藏最高智慧。

其实，能自由发挥言论的地方，从来不在网上。自由便是自由，不分虚拟与现实，不分区域与边界，反而有些人分得太清了，丧失了本有的自由。

一个从来不认错且认识不到错误的人，发生错误的可能性就越大。

泡沫剧给了女人思想上很多误区，以至于给感情蒙上了太多的代名词。当人们谈到现实时，我总觉得，现实应该是相对于现实的。男人与女人，本就有所差别，去正视差别，去重视人生。

有些人只想拥有，而不愿去爱；有些人只愿去爱，而不想拥有。嫁于想拥有，而愿意去爱的人，是幸福的开始，然而开始，又并非结局。幸福，是一件伴随漫长成长的事。

有些人，无论做朋友还是做恋人，抑或是成为陌生人，如果来过，若懂舍得，都让人十分受益。

可以为了金钱而更加积极，但不要为了它而堕落。

滋养

如果你第一次见到我

如果你第一次见到我,很失望,可能是我面容算不上好
如果你第二次见到我,很失望,可能是我衣着搭配不当
如果你第三次见到我,很失望,可能是我办事不太像样

如果你每次见到我,都很失望
不用再想,你并不爱我,我也并不想再见到你

如果你第一次见到我,很心动,可能是我面容较为独特
如果你第二次见到我,很欢喜,可能是我衣着搭配美丽
如果你第三次见到我,很亲密,可能是我笑得相当甜蜜

如果你每次见到我,都很开心
不用犹豫,我们可以继续相见下去

如果你第一次见到我,便说爱我
第二次见到我,便不再抱我
第三次见到我,已看不见我
如果你每次见到我,又一次一次地不再看我
不用逞强,我们的眼神不需要再有交叉相遇的时光

当我看见

当我看见,你冰冷的心,我会转身离去
当我看见,你犹豫的眼,我会止步不前
当我看见,你彷徨的泪,我会痛彻心扉
当我看见,你单薄的影,我会暖你如棉
当我看见,你额头的纹,我想轻抚
当我看见,你手中的茧,我想轻吻
当我看见,你心中的锁,我想轻解
当我看见,你脚下的路,我想轻从
当我看见,你看见我

我会看见
看见你的我

风干

就那么走着走着就哭了
从车上到路上到人群里
让眼眶含着泪水
在泪水里细数那些梦和幻想
等到起风的时候
让它们通通落下来
划在脸上
打在脚上
孤独地落在不同的地方

就那么走着走着
红绿灯模糊了又明亮
车尾灯明亮了又模糊
人来了又去
泪涌上来又落下去
就这么走着走着
踩着不同的泪
属于别人或自己

我多想停下来
可我总扬起高傲的头颅
哭着往前走
因为这样的泪水
才会被风干

村上春树

放风筝的海洋
一只帆在沙滩上老去
小船在彼岸躲藏

岛上的薰衣草开满了路
渔夫望着门槛上的猫咪
丢掉半只鱼尾

猫头鹰失眠了
森林里没有草原
女人在海底呻吟

我看着你
你看着大路
车轮驶向尽头

深埋

你第一次打开心,装进已经消失的人
然后深埋
你再次打开心,装进突然闯入的人
接着深埋
你让心敞开着装进新鲜陌生的人
依然深埋
你想把心封上
却发现到顶了
你守着上面的人
念着深埋的人

你把心倒过来
深埋的人出现了,你却不念
你念曾在上面的人

你没有力气再打开了
心倒过来生命就没了
你将所有带进了坟墓
然后深埋

你留下遗嘱：
你有深埋的人真好，我喜欢的人我从未去爱
你有深埋的人真不好，喜欢我的人我不曾去爱

月亮并不孤独

雨后的夜,清风素月

心悬于阁楼之上

唯有灯与月泛黄

远处的霓虹,妖娆地歌唱

车如流水

划过朝朝暮暮的城墙

载入小乔的笑

那般年华徜徉

树的影,摇曳风情

一声知了

楼下的婴儿睡了

身依雨滴之旁,与月为伴

月冷而光微暖

侧身仰面,轻拂眉间

拿清风作烟

用鼻尖轻点

吻过唇边

呼于清透之中

等烟雾漫去
再记下一笔

我在努力
你在哪里

寻求

青色的夜
风情尚暖
一片花瓣
没有虫鸣相盼

灯在等候
露珠凝在枝头
逗留,回首
人在人间寻求

深夜

月亮掉落成黑夜
灯光和我

心情如同这黑夜
再仔细想想
又深了几许

眼仍睁着
假装看不见

心困了
困住了一条缝隙

秋思

看窗外萧瑟一片
恍若无一丝悬念
秋天，竟映入眼帘

时间真的是瞬间
一不小心短衣变成了长衫
一不留神已是落叶漫天

树只剩光秃秃的躯干
阳光虽然贪恋
却给不了寒气温暖

任悲风留恋
又画了谁的扇

破伞

我看见一把灰色的伞
在角落里独自孤单
格子布,没有多余的装点
立在那,细数着阴雨天

我走近了,想看清她的容颜
那是一张哭干了的脸
静静地在我的瞳孔里沦陷

原来,是一把被丢的破伞
她渴望地看着远方的同伴
透过蜘蛛网奋力地呼唤
没有人听到她的呐喊
一天又一天,不知疲倦

我走过她身边,假装听不见
我想过她唯美的容颜
在某个黄昏的一瞬间
绽放成另一片天

或许她只想再次伸展
只是,她忘了发现
伞下的人们笑了
她的同伴们却流泪了

我没有再回头看她一眼
她的视线在我身后追赶
会有那么下落不明的一天
她会明白我今日的再见

落

笔尖，指尖，伤
角落的心，胸膛发烫
泪痕在一旁蜷缩
眼眶不肯逗留
没有露水，润湿唇口

思绪，头绪，乱
昨天与明天，互不相见
夏天与冬天，互不相欠
窗户灰暗，夜空倦懒
星倒挂在月边，苍老了月圆

荒念，悬念，烦
萤火虫闭了眼
一只手，荡在裙边
路面浮现，遮住了天
青蛙略过视线，一晃一闪

绿灯，红灯，停

唾液粘着轰鸣
听闻着霓虹的啜泣
风尘漠然,蒙了脸
可怜,松柏无言

直线,曲线,淡
几只脚的晚宴
玫瑰花瓣,一伴一半
稻田和酒本无缘
醉了琴弦,牵着清闲

咖啡伴侣

雨滴，在玻璃窗边憩息
我瞥见你唯美的脸庞
在九月里，润湿方向

你慢慢地向我靠近
落入我的瞳孔里，下落不明
一首诗歌在你的怀里孕育
我用心，在痛快地打捞，马不停蹄

画一弯眉，让你的芬芳在睫毛里沉睡
你的眼眸将我的温存藏起
开出一朵爱情的花
在童话的最深处静谧地呼吸

像这种天气
我想在埃菲尔铁塔下躲雨
包裹着，深藏你余温的大衣

守望桌旁停靠的你，卷起一段恋情

与你共赏窗外的雨水淅沥
在雨滴里偷偷拥吻甜蜜

你的脸,深情而忧郁
明媚的眸子告诉我不要心急
沁人心脾的香气
在我的肌肤里洒落爱的真谛

空旷的脖颈,你在偷偷地前往
吻上一朵心形的花瓣
在喉咙风干处,造就一座新房
袒露我的衣衫替我在心尖的地方疗伤

你柔软的身体
浸透我每一寸纹理,浓而不腻
月色,慢慢下落成另一番禁地
下着雨的夜晚,与你融为一体
在幸福的国度里细数繁星

一不小心,梦入了你的身体
脱掉衣衫和过去
藏入你柔软而温暖的心床
时光永恒的地方,你为我照看心房

剪一片烛光,陪你在心田里流浪
看你在青花瓷里赏月
摘下一枚星光,为你装点脸庞
等天放晴了,我再还你一片夕阳
到那时

我许你一心一意的铭记
你许我一生一世的伴侣

行走

我行走在孤独的夜里
像一滴泪,滑行在冰冷的大地
看不见五彩的霓虹
唯有枯黄的车灯
留下碎碎的身影
我裹紧了大衣
裹进了寒冬里

我不停地行走
像要追上光速
至少,还有光速做伴
在这夜里玩一场无声的游戏
我裹紧了大衣
裹得我不敢放声哭泣

夜幕脱了黑衣,扔了一地黎明
睫毛封闭了双眼
眼前仍是黑蒙蒙一片
怕伸出指尖就与这黑色的空气粘连

我裹紧了大衣

把自己裹得不能呼吸

我行走在孤独的夜里

像一滴泪,滑行在冰冷的大地

即使晨光泛起,灯光渐密

我仍看不见一丝光迹

我裹紧了大衣

把自己裹成黑色的空气

专属这漆黑的夜里

陪伴那匆忙行走的泪影

孤岛

山峰颠倒，站不住一地枯草
半根弦的哭闹，奏不出一路的春风笑
挂泪的树梢，交叉成昨日的美好
泛白的天空，藏匿着云的飘摇

我本不该背负这二月的伤
却格外迷恋这二月的光

心像一座孤岛，没有花草
没有房屋的炊烟袅袅
唯有静听着浪的祈祷
向着地平线缓缓依靠

就让夕阳在树梢悄悄睡着
留一些碎光陪伴这二月也好

窗

一扇窗，笼罩一些碎光
没有呼吸和脉搏
拒绝世间的芬芳，花香

叶子黄了半晌，蹭到边框
不停地遮挡
模糊了透明的目光

风拂过她冰冷的脸庞
带了风尘，为她上妆
画了一夜的晴朗和月光

我见过那扇窗
见到她的时候，轻盈透亮
只是时光，让她蒙上了灰色的伤

在某个淅淅沥沥的夜
没有人为她擦干彷徨
唯有泪痕，紧靠已定格的边框

我不敢碰那扇窗

只怕轻轻一碰，掉落一地碎光

一地永远拼凑不了的窗

病叹

疼痛之于须臾
像是无影无踪
像是万里行空

人也没了笑容
身如一阵轻风
却觉得万般沉重

入睡时亦是噩梦
惊来时却是苦痛

人,不过一魂魄
生,不过一辈子
惜,不过一人生

莫等病时空悲叹
懦弱给谁看?
披上光彩,换了容颜

冰恋

风,画了整个秋天
卷了卷帘,叶落盘旋
无意间,盛了半个冬天
好似,又到下雪的天

我喜欢每个下雪的夜晚
雪花散漫在天边
伴着月光,调侃今夜的风霜

来不及抚摸它娇柔的笑脸
它便在掌心间长眠

闭眼,睫毛绽放了星光的缠绵
一夜间,扑灭了一地的清泉

忘了是哪天的黎明
雪冻结了天晴
冰残留着雪的记忆

冰在想念，雪在眷恋
只是某天，都轮回成一滴滴温泉

才发现
再次碰面
早已忘了谁是谁的从前

收养

中秋起
晚夏的蝉鸣
青葱里
落叶满地

风拂过的地方
牵牛花开出了不同的色

山楂树下
雨后的蚯蚓慢爬

我在楼台里突然想起
那年冬天
遗弃在树林里的孩子
被稻田收养长大

一个道理

时光让我遇见你
真好
即使遇见,又失去

让我遇见时光你
真好
纵然遇见,又逝去

是一个道理
是,一个道理

麦当劳的汉堡

不知道吃什么好
买了一个汉堡
在此之前我并不想吃汉堡

我拿着它走在大街上
一步一口
道路伴着行人走

霓虹尾灯
哭起来那么迷人
笑起来却没有声音

吃了汉堡
还要评价汉堡
我忽略做这个参考

人们挨着又隔着
晃荡着
车哐当哐当摇晃着

疲惫的脸仰望
老者的头发飘荡
我想起了月光、波浪

我望向前方
突然瞥见一朵百合
裹上了衣裳

你会不会
做个汉堡

烟与女人

令你抽烟的女人
为你点烟的女人
陪你吸烟的女人
烟起时想的女人
为之戒烟的女人

世间美色万千

烟里的女人
女人里的烟

都不稀罕

巧

有一天
我左手打着伞

恰巧
与爱情路过

脚步

有的脚步轻盈
有的脚步沉重

两个人一起行走
总有一前一后
你牵着我
一前一后
你挽着我
倾斜前后
你背着我抱着我
剩一人行走

有的人调整脚步
有的人甘愿受重

有些人匆匆而过
有些人穷追不舍
有些人
不牵不挽,不背不抱

天生协同

每个人都有自己的脚步声
无论穿什么鞋子
穿不穿鞋子

成全

在花还未开的日子
我远不知这个词的意思

直到
那微黄的背影远去

迎面的车灯疾驰而过
将我抛的老远

拐了个弯
我成全了一抹月色

我不太喜欢

我不太喜欢看书
我拒绝思想渗透骨髓
我拒绝人
追着云朵漂流

我偶尔痴念
只是偶尔
像夜晚一样
偶尔痴念

是的

看什么
都不要很快地看
要等一等时间

原来

原来
我就是这样的人
半分沉
半分浮

你是重量

听见

阳光作衣裳
冬雪依暖阳
天边房檐微寒
鸟尚未还
活在枝丫里的春天
冬了眠

白色的雪
白色的毛毛狗
白色的帽子
白色的语言

坐在我旁边
青丝交白发的笑颜

我透过走廊的人群
突然听见
有些灵魂在盘问
它明天会发芽吗？

陌

秋色入深，秋已深
深色渐冷，冬清冷
冷风冷月冷于晨
晨来晨去暮已深

轻吻浮尘
轻问一声
我怎能
怎能如此陌生

这人群陌生
这路也陌生
这花香霓虹陌生
这车里窗外陌生
这与那也陌生
川流不息的陌生

我与这秋相识多久
多久的陌生

我与你相识多久

陌生多久

暮色已深，深入秋

秋色渐冷，复来晨

晨来晨去冬清冷

冷风冷月秋已深

是

初见
我对你的喜欢
不过三分
一分在涨
一分在淡
一分在变

而后
我对你的喜欢
方有一分
半分因你
半分由我

多年来
我对喜欢的人
又从未变
温文而素净
话慢慢
情飘然

样貌秀而闲

眸子纷然

不沾路人缘

至今犹未遇见

却已驶过河山

闻过炊烟

路过黎明

望向半晌的眼

最后

你说是福便是

你说是难便是

一笔

一面笑
一面微风
一面玲珑
一面疼

未曾听过
未曾见过
未曾说过
未曾想过

风筝去了
潮水去了
云儿散了
月光亮了

路灯熄灭了啊
你为什么不睡觉
是想听歌？
看我写诗？

听我说故事?

就躺在那里吧
有沙滩和贝壳
有阳光
有山河与梦

莫要停下
还是往前走吧
你看前面的路
等你的人在探头

文字它会催眠
文字也会失眠
别管了,任它们去吧
写一笔就好了

舞

山与风在抚
云在伴舞
连诗都来不及沉浮

你可知这一曲舞
有谁在迷途

一曲舞落青山依旧
半盏酒后仍有离愁

红楼
满纸荒唐的红楼
谁伴左右
无人到最后

烟火

听说落叶无声
蜻蜓难吻
藏在金鱼眼里的小溪
始终在番外未停

你说
这是否是一种难过
在未知的世界里停播

黑暗
一不小心盛开烟火
连星星都熄灭了

烟花暖而落
落叶轻而泊
未舍得
何必那么多

眼神

不会再有人
如你一般
看着我

头顶的白云飘过

最后的焚烧

心变咸了,装满了盐
泪流了回来,盐更咸了
我看见一座坟墓
我以为那是我的家
身后却一声声呐喊
我回不了头,也抬不起脚
因为我是一层骨灰
像盐一样的骨灰

可我有许多盐
唯有生活
能让它们解脱

短发

你说你喜欢短发
我曾经留过
在我很小的年纪
还没有遇见你

就像是
经历了太多
人总会人散
人散了以后
又会经历太多

结果
头发长了
天空下起了小雨

救赎

如果我能化成一滴眼泪
我会选择逗留在眼眶
等到闭眼的时候
隐隐褪去
或缓缓流下

我曾经遇见过爱情
它在瞳孔里
没有颜色
蕴含在我的周遭
无声地回答着

突然
我的双眼蒙上了云彩
看见了
另一个世界

写一首很美的诗

写一首很美的诗
在这阳光温婉的日子

屋顶亲吻着蓝天
十字路口
一对人影儿在拉手
推开窗户
梦里的海棠花开了
有风,在睫毛间乱舞

突然想起一句很美的情话
——
我想活得很长很长
等她去了
再做你的新娘

那座椅上依偎着的人哪
你可知他心里的向往
阳光在讨论你们的故事

把背影投在那草地上
然后
慢慢拉长

我看见他们都在路上
他们，都在彼此身旁
那些匆忙的人儿带着欢笑
那些欢笑的人儿带着彷徨
那些彷徨的人儿带着坚强
那些坚强的人儿带着希望

写一首很美的诗
在这阳光温婉的日子
每个背影里都有故事
每个故事里
都有天堂

你

想你
在某个冬季

念你
在某个句号里

你悄然来临,又匆匆离去
你匆匆离去,却又离不去

你
去了哪里

某个教室的门口
某个阶梯

某个路口的回眸
某个车站里

你

你的背影

你的笑容和哭泣
都藏在了那里

我看得见你的背影
却看不见你

你看不见我
我却在你的背影里

泡泡糖

每个人都曾伪装
也终能找到
幼儿园里的
第一颗泡泡糖

叶子

雨后
人更多情
字也柔美,心也透净

梦想的种子在树叶尖儿上
它想拥抱蓝天
或是面朝蓝天

也难怪
最高的一片叶子定能观望整片天
仅仅是它以为的蓝天

它是看不尽蓝天的
只比身后的叶子多看了几眼
却也多看了几眼
我已不再是那个拾叶的少年
梧桐的叶子里有蚕
我的叶子里有时光斐然

当风滑落在锁骨边缘
我在看你
你在看天

我脚尖的温暖
盛了一份
不羁而坚韧的安然

一念曹操

或迷或乱
故念唯安
在世之人近而不同
在人之事杂而不穿
心若城府
奈谁主沉浮

人若无欲无求无念
必而无主无控无拦
自愈源于自控
自控止于私欲
居心于欲之上
而无所不求
必不赴一趟黄泉两行青山
海也阔之
君亦如此

老去

你再次见到我
或许我老了很多
再老也无法逃脱
你眼底的柔弱

一颗安静的心
抵御不了漂泊
岁月动荡了你的年华
割舍了青春的歌

我还在转角期盼着
已然错过了列车
风筝它远远地飘着
线不知去到哪儿了

身后的路还是原来的样子
只有它是不变的
安详地被时间定格
时间定格不了老去的我

我老去着

带着青春的赞歌

还好你也老着

带着眼底的柔弱

夜蟒

我根本没有看见它
但我能感觉到它在我的周遭
游动,翻滚
夜,漆黑一片

它的眼睛是雪亮的
没有颜色
没有光泽
没有方向

我闭着的眼
没能看见它的眼睛
但我能感觉得到
它依然在游动
就在我的周遭
背后,胸前,脚边

我突然想起那条死去的狗
和校园里的青草和梦

萤火

每当夏天来临的时候
我总会想起爷爷的烟头
奶奶的蒲扇
洒满凉水的竹床
和欢声笑语的小院儿

北斗七星就在头顶
一牙西瓜的味道
久久缠绕在嘴角
蚊子在掌声中睡去
夜风在梦里静谧

有些爱就像萤火
光虽微弱
却在黑暗中最为执着
在岁月长流和皱纹里
不必言说

太倔强的马

昨夜
我梦见一匹马
它并不是白马
也没有变成王子

它太倔强了!
让我有点失眠

太倔强的马
往往找到的不是草原
而是悬崖

红颜醉

身若轻云,温风两畔
抚袖,曾不问世情长短
步若轻弦,尽欢而散
踮足,曾不沾月圆相欠
面若轻纱,心上眉尖
侧盼,曾不念胭脂素颜
魂若轻烟,随形无影
幻化,曾不顾天方夜谭

折一页纸船,载一曲红颜
藏于臂弯,葬于清泉
游走于藕段之间
烛台还亮着
愿望燃烧着灯火
夜静了,酒还醉着
烟火被天弃了,还有地拥着
红颜被岁月踏破
酒却沉了
老了世俗的眼,断了今世的情

流星

你无法阻止
拥有新鲜血液和爱情的我去追逐甜蜜
你无法刻意
用美好诺言和匆忙事业来担当未来
你无法预料
明天的太阳是否依然温暖着你我的情怀
你无法笃定
日后的平淡岁月是否坦荡着你我的安然
你无法掩盖
青春肆意流淌时你单单挂着的皮囊
你无法自拔
奋斗的岁月里曾疏忽唇齿相吻的心
你无法挽救
辉煌的金字塔里爱情坟墓的孤独
你无法知晓
白发苍苍时我衰老的容颜是否在身旁
也许明天你就走了
或许明天我就老了

所以我常怀一颗炽热的心
所以我常想抓住那份甜蜜
所以我从不等明天或是未来
所以我从未承诺你
因为我给你的全部
是如今的一天又一天

我偏不信
这男女之分刚柔之别的世态炎凉
我偏不信
从青春到年老这段路的参差不齐
我偏不信
这所谓的爱从渐变到质变的余地
我偏不信
漠不想拥的日子便是爱情的根底
我偏不信
年老的容颜不再有眼神的传递
我偏不信
执着于爱情的真谛必然会清贫
我偏不信
我的倔强和任性会逝水而东去

如果我错了
便也罢了

如果罢了
我也没错了
无非是我知道得早了
你明了得晚了
当夜再临
等我鼓足全部的勇气
变成一颗流星
然后坠落

坠落在谁的怀抱
或是谁的愿望里

念

亭台楼阁,阁中无人,唯有天
暖风明月,月中无影,独守夜
墙角屋檐,一双燕
车水马龙,了无言

路如琴弦,不如不弯,弯则乱
落地窗前,轻望天边,两对半
岁月难圆,疯人愿
茶水清闲,笔下残

朝暮重演
歌者弃了稻田,渔者落了深渊
苦不堪言
再想一遍
一泪一滴数全,一颦一笑补满
从未断念

爱若悲欢

你朝我走来
披着春日的清风
携着夏日的阳光
伴着秋日的朝霞
捧着冬日的雪花

你朝我静静地走来
清风装扮了你的温柔
阳光宣泄了你的热情
朝霞慷慨了你的委婉
雪花点缀了你的浪漫

你就这样朝我走来
由近及近
由近到更近
我将四季装进口袋里
我将口袋叠好，放进包里
我将包整理好，背在肩上
我去走你来时的路

从春天走到冬天
又从冬天走到春天

你朝我离去
追上春日的流水
做一条悠然自得的鱼

你朝我离去
赶往夏日的黑夜
当一颗明亮夺目的星

你朝我离去
放下秋日的落叶
写一篇扉页发黄的日记

你朝我离去
藏起冬日的烟火
演一场悲喜交加的爱情

你就这样朝我离去
由远及远
由远到更远

我放下背包,打开口袋

四季变成一个句点
我是句点里的空白
我在空白里找寻答案

从冬天走到春天
又从春天走到冬天

结果都与你我无关

蜗牛

让悲伤悲伤吧
让想念想念吧
让压力压着吧
雨水里没有疲惫和蜗牛的泪

有孩子的笑容
有彩虹

前后左右

后来接触的人
都入不了心
前面的人
又抓不紧

人生才会左右为难

如果我没有钱

如果我没有钱
我愿意自查自律，以供我良好身躯

如果我没有钱
我愿意早睡早起，以供我皮肤年轻

如果我没有钱
我愿意释然无争，以供我心灵安逸

如果我没有钱
我愿意看淡山河，以供我浅浅拼搏

如果我没有钱
我愿意无限地利用我自己不留余力
不会堕落、埋怨、逃避、放弃积极
如果我有钱
我愿意保持我没有钱的快乐
续添拥有钱的快乐
它们是同等的快乐

慌

小时候,犯错
上学时,作业
工作后,考核
医院里,结果

慌的时候,时间在静止
慌的时候,青春在流逝

慌的时候,弦在心上,心却空荡荡
慌的时候,彷徨在眉头,无处安放

将云朵塞进去,以微风为乐章
不慌
长路漫漫
一生平平飘飘淡

星座

我爱的不是那个星座
我爱的是
是你的那个星座

眼睛

有的眼睛清澈
有的眼睛浑浊

有人望眼欲穿
有人沙子迷眼
有人睁一只眼闭一只眼

干吗两只眼都闭着
去看看大好星河

归

一杯酒里风萧萧
半路琉璃云飘飘
芙蓉不知柳迢迢
夜半三更梦遥遥

车水马龙影相随
落笔无声花满赘
青烟一点桃花醉
敢问路人归不归

差别

我从未质疑现实
我单纯只是质疑你

你的现实
和真正的现实

有所差别

贪图

我贪图的是
你

积极向上的态度
健康的生活方式
真心爱人的能力
无畏的精神
克服困难的果敢
独立且有能力的人格

从来都不是
你能给我什么

有

一直觉得无人停靠
也一直在奔跑

只是未知的前方
是否有人等我来到

若没有人
有风景也好

若没有风景
有风就好

爷爷的菜园

我在杏树下
阳光稀洒

想起爷爷的菜园
土壤和藤架

燕子在云间划过
锄头在丛中穿梭

爷爷带着我
有红果、绿叶、黄花

土豆在土里
苦瓜在烈日下

二十八岁
当然要比八岁好
只是
爷爷的菜园没了

烦

女人最怕烦
烦着烦着她就应了
男人最怕烦
烦着烦着他就逃了

烦是一把尺
亦是一根绳
又是一把利刃
还是一根香烟

少做烦心的事
嘘
烦不烦啊
不烦
你也不凡

四月

看的人还在看
爱的人都爱了

四月

故事

你讲一个故事
用心或不用心
我都在听

故事
它终是故事
包括了所有情节

别太难过
就算星星会陨落

速与火

我看不见闪光灯掠过
只感到隧道和酒交错
伴随着苦涩和泡沫
一场雨淋成路的红色
速,从不闪躲

我在长发及腰的时候过分执着
又在短发飘逸的时候阑珊洒脱
笑了就是笑了
哭了就是哭了
没有为什么
被搁浅的火山何不喷薄

速度
就是这样的速度
路途
不可未知的路途

听说

清风徐徐
迎风而旭
晚婉柔情
霞空万里

暖日行
车来车声去

一朝鸟语而月落屋顶
一暮花香而白日微光
一袭轻盈的衣裳
一夜纤细的梦想

微微凉
不负好时光

蓦然想起
听说每个车窗里
都藏着你

樱花漫

那天
在教室旁的楼梯拐角
我准备下去
你正往上来
阳光倾斜在你的侧脸
我恰巧看了你一眼

不经意间
我的视线里
突然有无数秘密
如同樱花般飘落下去

爱

爱

犹如一双清澈的眼眸
躲在黄昏的背后
静候黎明的回头

一首柔软的赞歌

好久，好久
没有听到车窗外的鸣笛声
货车、摩托、小车疾驰而过
滚动成欣欣然的旋律
我不再讨厌它们
无论白天或是黑夜
有声息，才有生生不息

很快，很快
武汉封了，湖北封了
小区封了，家家户户封了
医院建了，医护到了，患者少了
铁路开了，门开了，花开了
有人笑了，有人哭了，有人走了
有些感受，更加真切了
灾难发生的地方
英雄用灵魂阻挡
人群用呼吸嘹亮
城市用静谧滋养

一道道围墙
一夜夜星光
一点点朝阳
一幕幕回望
这大风里的樱花,依然倔强

我有很多看不到的地方
我不必多说这冠冕堂皇
还没有结束便想赞扬
只借这恰好的月光
瞟一眼有祖国的地方
人民勇敢、安详

以后,以后
再不要轻易逗留
再不要轻视地球
再不要轻言奔走
再不要轻叹哀愁
扬起嘴角抬起头
向光阴里的问候,一抹抹邂逅

最爱天使

每当黎明将近
冬日的天并不苏醒
你的梦还嵌在我无眠的夜里
你的小脸
我的影子格外安静

像是有用不尽的全力
跟随着时间守护你
一心一意
一点一滴
疲惫却甜蜜

喜欢望着你
望着你的每一个表情
外面的世界再多绚丽
不倾扰，不动惊
你是最好的风景

期待长大的你亭亭玉立

带上你的小脾气

或许不那么淘气

只要健康快乐伴随着你

我愿渐渐老去

镜子里的自己

荒乱无力

最憔悴的时期

却也最佳美丽

想轻轻地告诉你

也告诉自己

有些男人

欣赏你的朴素

有些男人

欣赏你的华丽

最爱你的男人

欣赏你

不愿停歇的年纪

发芽

空巷

云湿凡尘,帘后清冷,初遇空晴,唇齿未露珍珠粉,忆来却这般疏生。当是笑颜如真,唤作泪雨倾城,竟妄想每日良辰,能懂身旁人。

时光车轮,碾过为痕,重则愈深,又何必羡煞旁人,不懂为真,不知为蠢,知而不懂又奈何,明知而不知又为何。怪不得是非对错,由不得来世今生,默默而无闻。

舍不得静,静而不舍,不如不难,而陷于难,画一弯眉,在月夜里沉睡,白天是素颜,何不在夜里妖艳。找一条空巷,无人,如妖魔般肆无忌惮地穿行,灯火随影。

似若还未完成,无心写便不再写,怕是抑制不住情绪,怕是失眠在这寒夜里,于是来到窗边,拉上窗帘,远望一眼楼下的路,再看一眼镜面,错了,我不该那么瘦。

风筝

　　我在黄昏时丢了一只墨绿色的风筝,它失踪在最接近地平线的地方。那个时候,愁虫躲在树梢,哀云映着夕阳。我独自一人,踏过带泪的草儿,穿过丛林,慌乱地寻觅。如迷失的风,看不见风筝的影。

　　我拿着手中的线,生硬的,冰冷的。我把它缠在一棵老树上,一圈,又一圈,树皮炸了似的裂开,掉落一地枯黄。树儿莫怪我的蛮力,我只想留个记号,待那墨绿色的风筝歇息在你的臂膀,千万莫要惊慌。

　　我想起那些奔跑的日子,就算凛冽的风刮破我的脸,我也愿意看你在天边翱翔。我拼命地缠,想缠住你的视线,我拼命地跑,想跑在时间前面。山崖那边有墨绿色的影,我匆忙松了线想要去追寻,却发觉线已缠绕在脚边,如枷锁一般。

　　我挣断了线,绊倒在山坡边缘,翻滚着碎土,我的衣裳被荆棘划破,血痕和碎土相伴。我伸手抓着线,任它在皮肤缝里撕扯,白嫩的肌肤像裂开的树皮,血渗透了线。模糊的视线,忽明忽暗,就让那墨绿色的影,滴血的红线,陪我葬在这山崖下面。

我突然定格在山崖中间,树梢刺破了我的心脏,没有血的蔓延。墨绿色的风筝竟趴在我的耳边,早已在这山崖中间,等待着我的泪颜。

最后一次闭眼,我看见牵着墨绿色风筝的你,你远远地,远远地转过身来,回眸间,你的脸庞,一阵嫣凉。

我在黄昏时丢了一只墨绿色的风筝,它失踪在最接近地平线的地方。那个时候,愁虫躲在树梢,哀云映着夕阳。

晚点爱情

在梦里,你送我一张蓝色的火车票,淡淡的蓝,深深的笔迹,我小心翼翼地捧着它,不敢折乱一丝纹理。

你说,从远方会驶来一列火车,叫作爱情,从你的心里,开往我的心底,只是它裹着空气,一不留神就没了踪迹。

芳草泛绿,我守望着远方的你,我捕捉每一丝空气,生怕漏掉了那列"爱情",只是空气太过于浓密,堵了视线,让人窒息。

叶子黄得像要哭泣,我盼着远方的你,等车的人越来越多了,我们戴上了微笑的面具,谈天说地,说着不同颜色的碎梦而已。

雪铺了几亩田地,铁轨冰冷如尸体,脚冻结在原地,眺望去,阵阵寒风来袭,卷走了空气,淡蓝色的票冷冷地立在风里。

也许换了季。芳草依然泛绿,只是列车,还要晚点几个世纪?

我和 × 女生的对话

× 女生：我最近在相亲，好烦，没一个合适的。

我：沉默……

× 女生：你准备啥时候结婚？（发呆）

我：随时。

× 女生：好吧，那你啥条件？

我：嗯……

× 女生：想啥啊，快说。

我：一个条件，一个具备承担婚姻能力的男人。（笑）当然不是所说的房车、工作，这种能力是男人都会有的，我说的是思想。有的男人一辈子也没有，就算结过婚有过小孩，一辈子也没有过。

× 女生：房车是保障，你很天真。

我：我不是没有考虑到这些问题，是因为每个人都会有自己的处境，根据自己的处境来说话，就是自己的处世风格。婚姻没有标准，每个人的标准不同，但现在看来，大家想要的或许大都一样。

× 女生：你这么一说我觉得你很愤世。

我：谈不上愤世，更多的是无奈。这种无奈虽然可以得到很多人心底里的共鸣，但却无法改变。

× 女生：是啊，其实我也不知道自己为啥相亲，接下来就会不知不觉地结婚了。

我：很多人都是这样，没什么的。你想要改，挣扎过，却没有去改变，也敌不过生活，所以你该承担现在的懊恼。

　　× 女生：那你敌过了吗？

　　我：没有，因为我一直没有挣扎过，也没想改变过，所以没有敌过或是敌不过之说，我只想借助于生活而好好生活。

　　× 女生：好吧，你真固执，爱情是不能当饭吃的。你想过没有，现在这个社会没有钱什么也办不成，到处都用钱。

　　我：是吗？

　　× 女生：本来就是这样啊。我自己也能很明显地感觉到，有钱的话，做什么都简单。其实我也不是特别现实的人，但你身边的人都会现实起来，然后变得没心没肺，接着就会用更多的钱填满，就更加现实。

　　我：不错，但这和婚姻的条件有必然的联系吗？

　　× 女生沉默……

　　我：我觉得人是基础，物质不是。物质是能改变人的，所以还是得看物质能不能改变这个人，关键又回到了人上。所以我说，我的那个条件是唯一的条件，一个具备承担婚姻的男人，这可比车与房更难得。你相亲的是不是好多条件都挺好的。

　　× 女生：对啊，差不多都是车与房必备，不然也没法相亲啊。

　　我：是啊，那你到底要什么？

　　× 女生：起码得心动吧。

　　我：等你三十岁了呢？

　　× 女生：那就挑个凑合着过呗。

我：那心动呢？

×女生：年龄大了，都剩别人挑你了，还讲什么心动啊。

我：你知道人本来的寿命可以是多少吗？

×女生：不知道，多少？

我：175岁，哈哈。

×女生：你别骗我……

我：理论上是那样，是不是觉得现在突然变回了少年。

×女生：别扯那么远，你啥时候结婚啊？

我：随时啊，目前来看，真的是这样。

×女生：那你妈咋说？

我：我妈拿我没有办法，所以我妈只发表意见，不做决断。

×女生：你真轻松，怎么可以这么随意？

我：因为对父母唯一要做的就是孝顺，我一直很孝顺他们啊，尽我所能地孝顺，所以他们对我的决定都会表示尊重。

×女生：好吧，这样很好。那你工作怎么办？

我：平时也就写写稿子，但如果以后过得不好，需要赚钱，我会努力工作，我丝毫不排斥两者并存。

×女生：那爱情对于你来说是什么？一个过程？一件琐事？

我：没法说那么具体，但有一点我很肯定，爱情对于我来说，是离不开的。当然我也知道还有句话很经典，没有谁离不开谁。但对于我来说，爱情就是离不开。

×女生：你貌似不是那种爱依赖人的人吧。（瞪眼）

我：我可以选择依赖啊。

×女生：好吧，好吧……

我：那爱情对于你来说是什么啊？

×女生：我已经不相信爱情了……（抠鼻）

我：有天，我一个人，回想了很多事，比如心动过的人，比如过程，比如结局，比如身边人的经历。然后，我觉得自己是不该相信爱情的。我以为我会很轻松，可我有了那种想法之后，我并不轻松，于是我依然坚信爱情。一旦我信了，我才会快乐，但这仅仅是我。有些人不相信了，便会轻松很多，也是一种选择。

×女生：其实也不是……可能我还是相信爱情的，但我总会说我不相信，习惯了……

我：那也挺好，我最害怕的事，就是没办法爱一个人。

×女生：我最怕的是伤害，很令人心痛的。

我：我有时偏爱心痛的滋味，虽然我会伤心，但就觉得自己的心会有感觉。一旦麻木了，爱不上任何人的时候，一辈子都会觉得遗憾。

×女生：好吧。

我：总会有些事一直有意无意地去刺激你成长，生活就是这样，充满了未知。

×女生：那你对以后的生活有没有把握，比如感情，还有其他的琐事。

我：没有，没有把握，我不愿寄予太大的希望，因为我知道，我也害怕受伤。但我对自己很有把握，我觉得我饿不死，而且我崩溃的时候一定会有一个温暖的怀抱。虽然我不知道是谁，熟悉或者陌生。

×女生：嗯……其实我也是，一点把握和计划都没有。看着自己慢慢老去，就那么一点一点，一天一天的，哎。（沉思）

我：不用烦这些啊，这跟担心天塌下来没啥区别。好好吃饭，按时美容就好。

×女生：好吧……你也是超神了。

我：你最近忙什么呢？

×女生：我现在最喜欢的事就是休息。每天上班下班，除了这些，就剩下休息了。

我：越到后来你越会发现，自己会变成一个宅女……

×女生：你怎么知道？

我：哈哈，因为这是大多人的趋势。在家的感觉最爽，工作没时间，节假日人多，偶尔想出去又没钱，所以……

×女生：杯具……

我：一个阶段而已，可长可短。

×女生：那我要嫁个好人家呢？

我：不如嫁给自己。（笑脸）

我对你的背影一见钟情

已经好久没有再写诸如此类的文字,当我看到你背影的那一刻,我突然想起了很多。如同我停不下来的文字,或许毫无意义,但我知道,我的朋友会看,他们也会看到你的背影。

若不是坐在公交车的后座,我大概会错过你的背影。吸引我的,是你笔直的躯干和宽广的肩膀。当然,我的性取向没有任何问题。我想你的臂膀和胸膛上必定会有一副结实的肌肉,若不是如此,这身体里必然有颗坚韧的灵魂。

阳光打在你的背影上,是如此好看,以至于我忽略了你的衣裳,而妄想将一生托付于你的背影。看吧,我对你的背影一见钟情。以前并不知道一见钟情是什么,此刻觉得,是从冲动变成执着。

有很多人钟情于一个人的背影,因为背影大都是离去的。离去的,往往是往返回荡而不可抹去的。我抒情的方式很简单,不如那些矫情而令人心疼的文字。那种文字在我看来,只会突然引发人的思绪然后漠然地被忘记,又突然地出现去困惑心灵。之后,又被忘记,只是突然,而不会永存。

有时候我在想我的文字像些什么？想了好久，不如说玉吧。我并没有去高攀那个字，或者说，我知道我在高攀这个字。可是，我的名字里有它，那么，命里总该有它。给它一个位置，我希望它赐予我的文字。想到这儿，我要感谢我的爷爷，他替我取了个好名字。我很想念那些老人，如同很多人一样，可我不同的是，我并没有打算被迫。我知道我会随时放弃很多，待在他们身边，粗茶淡饭，听他们说 20 世纪的事，我挚爱 20 世纪的清淡。

那背影依然挺立着，颠簸的车轮和晃悠的人群并没有改变他的坚挺。广播里放着最新的电影预告，是个恐怖片。我知道我不会去看，因为我胆子很小，害怕虫子，害怕小动物，害怕如同昨夜一样的雷声。然而我现在最害怕的，是前面正拥挤的车辆。它让我的胃不停地翻滚。我的呼吸黏着无数双鞋子的气味，可当我看见你的背影，纹丝不动，犹如某个时代里的英雄，抑或是一尊唯美的雕塑。我突然好想靠近，却又想默默地看着、守着。

车窗外，有老人推着小孩前行，也有骑着单车的情侣，还有快步前行的身影。我是喜欢自行车的，自行车的后座，我还没有给自己坐上那个位置的机会，轿车就已经遍布大街小巷了。我看到过很多干练的女人，火红的嘴唇配着墨镜，但我知道那妆颜背后是张疲惫的脸。或许是我错了，那终究是让人感到神采奕奕的事。

我的思绪很快从窗外移到背影，或者说，我从没离开过，只是在看背影旁的窗外。我大概是爱上这背影了，那是一个沾满男人气息的背影，会让人突然想要给他一个家庭，或是，让他来撑起一个家庭。若是他回过头来，必定能看到我眼里的细腻和略带尴尬的笑意。还是不要回头的好，我并不在意你的面孔，我爱上的，只是你的背影。若是你回过头来，你却单单只是一个男人了，而我，钟情的是你的背影，还有那宽广的臂膀和结实的灵魂。

　　车终于要开走了。在走走停停的车流之中，速度，断得七零八落，目的地，也被断得七零八落，但车终究是会到达目的地的，所以即使有再多的叹息，人群还是乖乖地等着。可你没有，你沉默，沉默地如同我期待已久的怀抱，一个温暖的怀抱。无论是在白天或黑夜，我都能乖乖地待在里面，于是，我陷入了你的沉默，而人群，只乖乖地待在车里。

　　突然觉得不舍，因为我要到站了，你会不会一起下来？我想你大概不会，因为你周身的空气并没有流动的意愿。你只静静地坐着，一动不动。看来，我是注定要错过你了，我会后悔吗？我默默地问自己，如果有人问我最后悔的事是什么？我必然会不假思索地回答：我最后悔的事，是把自己变得从不后悔，对于任何事也无论何时。你必然会嘲笑我的言辞，但无论怎样，千万不要转身，让我多看看你的背影，那是我见过的最温暖的画作。

我跟随着人群的脚步却被困在人群里,透过纵横交错的臂膀,寻得一条缝隙。我努力地回望,想再看一眼你的背影——那个位置是空的,我又看了一眼,被挡住了。

三两情话

感情这东西,本身就极为简单。仅仅是爱慕一个人,这个人,有他的皮囊思想,有他的脾气秉性,有他的习惯嗜好。单单这个人啊,与之相处便够了,一旦挂钩上其他东西,就复杂难搞得多,也莫要怪得了谁。

这世上能将你放在心上的人少,能将你放在心尖儿上的人极少,而你却在我心里,七上八下的,不得安宁,你可赢得漂亮。

我想我每次看见你的时候,眼里总是泛着光的,那是无关于爱情或友情的光,那仅仅是真的喜欢。

感情像酒一样是有度数的,若非要求一极端,取高或取低,皆有它的周全,而大多数人往往处于半高不低的状态。随着岁月的流逝,酒便更混浊了,却也沉了。

所谓的渣之男女,皆无一定论,其本为难辨之事,但善恶可分,断合有果,情定一生就显得珍贵得多。与良人处之,善始善终。

凡用技巧或伎俩得来的情感，若非出自真心而长久的喜欢，均不若顺其自然。

这世间每两人的情感必定不一样，只有当事人能感知的事，旁观者即使再清，都不如感情里，主角的自我发现。

事实上，有些人是不善于爱的，有些人的爱受影响，有些人，爱受影响。生于自然，均为常态，寻爱而稳定之人，所谓安全感。

我可从未想过爱你，却在见到你的时候，希望你离我更近一点，近到可以亲吻。

不要将那些迷人的言语掺杂在承诺之中，你可知道，我半分都不信，我只信那说话的人。

我是一个极其马虎的人，却想认真地看你，看得仔仔细细，少一分一秒都不行。

了解就像辽阔的草原，看不到边，那是因为视力有限。视力有限，缘在身于其内。你不要置身其中，勿要试图彻底了解一个人，尚可置身之外。知其一二便好，知其一二，也算了得。

大多人都说自己没心没肺。事实上，没心没肺的人常不言语，其境界之高深，不可轻易达到。

我第一眼瞧见你的时候，那画面在我的脑海中定格，连我都成了背景，这样的状况能让我偷笑一辈子。

二人相处，想处好便处好，处不好便处不好，不好好处便没了。

莫要将感情分类，分级别，分轻重，分不好的。一生完了，情还未完的人多了去了，且真实地爱与付出着，你真心愿意做的一切事，你都明白得坦坦然然。

我能感受到你跟我在一起有多开心，若没我开心，那我必然在你之上，若比我开心，那你必然在我之上。可惜又可气的是，我已然丧失了判断力。

三两情话，分量颇轻。

写一些什么

在夜深人静的时候,写一些什么。可抬起头,夜并未深邃,人并未静处,已到了夜深人静的时候,路灯偏偏格外开朗。

不如写写我吧。

我喜欢安静的环境,一旦嘈杂了我仍身在其中,一定是有我喜欢的人。

我喜欢扶在窗边,云在上边,路在前边,你在身边,车一直行驶,不停不泊。

我不太喜欢接触新鲜的事物,并不是因为它们不够新鲜,而是因为我,并不觉得它们新鲜,或者说,足够让我接纳。

上学的时候,有人告诉我,要以柔克刚,后来长大了,发现自己以刚克刚,以柔应柔,刚柔并存。原来,人人如此。

15岁的时候,我以为爱情是转角处你余光瞥向我的模样,心跳突然荡漾,涟漪却盘旋在台阶上,阳光斜斜地穿过走廊，风与云静静地淌。

　　18岁的时候，我以为爱情是一颦一笑定格的模样，在回眸里穿梭荡漾，在人潮中你来我往，有所担当，有所向往。

　　28岁的时候，我以为爱情是你还是你，而我依然是我，世事万物，各自是各自的方向。不动一分情，各自飞翔，动一分情，皆为捆绑；愈是后来，愈是居上，愈是前者，愈是难忘，而两者并不相当，简能敌繁，柔能制刚。

　　纵然大多数人都隐藏着最初的模样，我依然相信，值得怀疑的是我们自我完善的能量，从来都不是爱情失去了糖。

　　梦想、知识和爱是生生不息的力量，是初心，是向往，是生活里的光，永不凋谢的花香。

　　我始终追求简单的生活，想要就拼搏，累了就歇着，往前走着，歌颂着，也谢幕着。

　　纵然上苍为人们关上了一扇门，那一定会开一扇窗，不仅仅是窗，或许会是又大又亮的落地窗，上苍会为每个人量身打造。

　　所以写一些什么已经不重要了，重要的是，每个人的时代里都有黑暗与光，而我们的影子，是时代的模样。

八月，向阳而生

很多人写作，会选择在安静舒适的环境里。以前，我也常喜欢在夜深人静的时候写作。如今在室内反而多了些倦意，索性就在小区里，微风蝉鸣，嘈杂如雨，闹中取静。

居住在小区三年多了，单元楼门口每天都会有熟悉的大爷大妈，他们很热情，但他们并没有真的接纳。我依然享受他们的热情，或许，这就是他们的接纳。

人们常说起北漂，就像过去的游子，晃荡在坚韧里思乡。其实通信便捷，若心安定，身处何方，不过是一些滋味与感受，幻成经历，随着时光流转罢了。

小区里有很多亭子、走廊，去年刚修的小荷塘，因为有鱼，生了些灵气。我在等新修的图书馆开放，即使只偶尔想看书，却总是有意无意地等着。总觉得它开放了，心里会惬意些许，去坐坐、翻翻也好。若还没等它开放便搬走了，也就算了，毕竟，走过错过，是一种常态。

今年的蚊子特别多，胆子很大似的，没有太大的动作，似乎能追着人叮咬。原来蚊子，也会察言观色，它们已经不再那么怯弱了。它们同人类一样，摸爬滚打出了经验，赖以生存着。

前几天被朋友嘲笑太过无欲无求，说自己好像总是跟谁都很熟，但跟谁又很陌生，融不进圈子里，好像谁都可以，谁又走不近。

其实千万人之中，都有一丝相似个性，不过是思想各不相同，处理事与情也各不一样。就像拼事业的男人们，不一定喜欢事业，而买包的女人们，不一定喜欢包。

每个人，都有平淡的一面，每个人的平淡，又都不一样。

我说你尽管体会便是了，我并非无欲无求，也并非，实物才是想要的。

不可否认，我们每个人都喜欢"自以为是"，我亦如此，这才有了个人的性格特质。这种"自以为是"会让我们在成长中受挫而选择不断学习，找参照也好，听人讲也罢，自己悟也尚可。有些人选择不学，有些人学得好，学以致用，有些人学得不好，多生是非。

其实很多人无法做自己喜欢的事，在没有搞清楚自己喜欢什么之前或之后，误把看起来合乎情理的事，旁人看起来周全的事，当作欢喜。又或者，因其他的原因而没有按照自我的意愿去做。

而自我，往往是不可避免的，除了想要牺牲自我，也真心牺牲的时候，方显得无私。

拿《三十而已》里的顾佳来说，有人说她为了家，有人说她本为事业型的女人，还有的说哪个女人不喜欢小鸟依人，是因为男人靠不住。

她的丈夫，商化了烟花设计的天赋，靠老婆一手扶持，并无追求上层生活的本意，出轨早就埋下伏笔。有人说他罪有应得，有人说他不值得，而只有他自己知道，失去自我的那个度，早已失控。

一个愿意丢失自我的人，在某种程度上来讲，处事能力，抵挡诱惑的能力，选择能力，断定人的能力，肯定情的能力，自然不足，怎么做，都不知所措。

实然，他并没有从内心真正肯定妻子所做的一切，与之共同追求目标，对于看起来很好的生活，他并不排斥，但也并非心中所想。

而顾佳，选择提鞋或不提，选择打人或不打，选择陪与不陪，选择做与不做，选择视而不见与决定离婚，都非常清晰。她一直都在做自己想做的事，她做的每件事都不后悔。从某种程度上来说，如果她一开始选择陪丈夫做蓝色烟花，以她的能力，有可能找到既能实现丈夫心愿又可避免爆炸发生的种种原料，但她选择了自己的选择，承受了可以承受的伤害。

有些人需要，你陪着就好，可以什么都不管；有些人需要，你同我一起去做，我会做得更好。

求同存异的伴侣，能走得更加长远，能承受伤害并真心释怀的人，永远在绽放。

人们常说，男人没有一个好东西，但其实，一生未娶或一生只得一人的男人并不是没有。而这样的男人，忠于的，并非女人，而是他自己。

人的思想发生了变化，行为也会随之发生变化。以前，我常不喜欢打扫，小时候家务做得并不多，常无视凌乱，以致很多时候都不愿收拾，还总是炫耀在乱七八糟之中，能一眼找到想要的东西。

后来乐意做了，就喜欢找个想收拾的时间点儿，拖完地以后，调整家具的位置，尽量摆放成自己喜欢的样子，即使是租来的房子。

什么样的房子，谁的房子，除硬性条件不可改变外，决定生活感受的关键，一定是柔软的。

凡事都有舒适度，也并非现在的改变就是好的对的，反而觉得以前和现在的做法，都是自己喜欢的。

《三十而已》并未看很多集，没有追剧的习惯，会有看剧的心血来潮，也惯性地快进及跳看，也算个人喜好的一种。迎合着我的生活，顺便练了笔。

这世间的大多事，大都不过是男人与女人在较劲儿，而那些不较劲儿的人，可否认为，才真的活着。

八月的天太过闷热，有些透不过气。似乎起初抹过脸庞的微风，顿时盘旋了起来，粘在手指上，是要停笔，瞅一眼远处的光。

一幅画，它开始的样子，并非最后的样子，八月而已，还需努力。

如果人类都被黑化

　　闲来无事,将闺女的一个小黑板擦了个干净。放置在那儿好久了,落了灰尘后,便无心打扫,越是落满灰尘的东西,越易被忽视。原来尘封,真的存在。

　　黑板是两面的,一面白色配黑笔,一面深绿配粉笔。我将乱涂乱画的痕迹一点点擦净,起初没有找到诀窍,整块抹布大范围去擦,只能淡,不能净。于是用抹布包裹着指尖,稍用力,沿着笔迹,来回摩擦,倒生了兴趣。人与情需要投入和细腻,事与物亦是如此。

　　很快,两面都干净了。白色的版面不忍破坏,随便用粉笔在深绿的版面上写了几个字。太过随便,难看极了,擦掉重写,依然写得生疏。似乎从大学开始,键盘就代替了笔,写字这件事变得稍有闲情雅致。

　　突然想起写得一手好粉笔字的老师们。我想我的孩子,将少有遇见一首漂亮的诗歌开放在黑板上的画面,将少有遇见为了省钱、省纸张,抄在整个版面上工整的试题,将少有遇见来不及用板擦而沾满灰尘的手腕,将少有遇见另一堂课开始了，两堂课的老师碰巧同框的画面。

如今太方便了，课件有PPT，随堂有印好的试题，课后有辅导班，作业在家长群，课外有在线教育。我无法用语言形容这种变化，我时常听见家长们的议论和叹息，但细想来，每个时代都有议论和叹息，不是吗？

看了最近的一部网剧《隐秘的角落》，只一句简单的话可总结：人多事杂情未了。

亲情未了，友情未了，爱情未了，善恶未了，人未了。

故事很巧妙地将金钱植入，将原生家庭植入，将人送进去，将人间冷暖凉薄添上。不言善恶，镜头剪辑、配音、寓意、伏笔、场景恰到好处。当然，也少不了争议，毕竟好与坏总是对比着存在的。

朝阳东升，阳光普照，严而不良……

人们总说，一念天堂，一念地狱。或许我觉得，一念就是一念，一念完了，就会有下一念。每一念，都是一念，而没有那么多天堂和地狱。

如果人类都被黑化，是否，要把"如果"去掉。

夜深了,这是一篇戛然而止的文章,你可以相信童话,我选择写童话。

父亲的快乐

一月前,疫情刚刚缓和,父亲为给我们夫妻方便,自己搬进了地铁口旁的小店内。他自己说,住得很是自在,晚上不再轻飘飘走路,想咳嗽时大声咳嗽,想唱歌时哼上几句,白天跑车,晚上做生意,逍遥快乐。

我母亲总说父亲的十句话里,有九句话都是假的,对于这个我不太了解的男人,我目前只能懂得一二。

我不太了解我的父亲,我不需要像母亲一样了解他。我只知道他爱我,爱这个家;我知道无论在什么时候,父亲的怀抱永远向我敞开。有一股力量,永远守在我身后,我有着和他一样的自信和快乐。

记忆里的父亲,一直在母亲的埋怨声中穿梭,几十年如一日,而父亲则始终开启自动屏蔽一切声音的模式,辗转在赌场和饭局之间。我很少看见他,我看见他的时候,都是母亲在数落他,而他不作声或是在笑。

他的脸皮厚得不行,厚到我与我弟,从未觉得他有错,甚至，比起母亲，更喜欢他，反而总是开导母亲，想开一点。

我自然知道母亲在其中所有的付出，自然知道父亲的不是。不可否认，他是个十分有魅力的男人，而母亲也同样优秀，精明能干，细致入微。但我少有见过她对父亲温柔，父亲要比她温柔，她来不及温柔。

每个人固然受到原生家庭的影响，却也不可忽视天生的力量。小学毕业后，我便开始了住校生活。家庭之中，还有很多我不知道的事情。

周末在家，定时电话，慢慢成了习惯。

但凡父亲在家的日子，就会带给我们各种欢乐。这种欢乐不亚于买一些好吃的零食，或者用一些极为幼稚的行为逗乐我们。家庭里时常会上演这样的场景，大概是母亲埋怨他，然后他厚着脸皮笑。我去迎合父亲，弟弟以沉默呼应，三个人一致哄她笑，然后家里所有的事情，又落到了母亲的身上。

母亲从未让我与弟弟做过家务，只是偶尔让帮点小忙，即使很累的时候，也是自己在做。我知道她想让我与弟弟有更多的学习时间。而后，我们习惯了懒惰，她仍一直勤奋。

父亲为我们做的事情并不多，比如我不想上学时需要家长接应，于是装病，他就会乐呵呵地把我接回家；比如弟弟有次摔破了膝盖，他会立马离开牌桌，送弟弟去医院；抑或是当我没有结婚时就怀有身孕，母亲刚要数落，他接过电话，说我们马上就来，先照顾好身体。

我与弟弟的个性都极为独立，我们需要他的时候并不多，但需要他的时候他都在，就显得他时常在，而母亲时常需要他，就显得他时常不在。

我总说很少见父亲，是因为父亲大都回家很晚。母亲一开始是装睡等他的，后来习惯了，她就真的睡着了，而我和我弟，充当了扔钥匙的人设。我们很乐意为他扔钥匙，因为他会笑着蹦跳着去接。

我结婚后，父亲突然就长大了。女儿突然出嫁，夫婿并未见深情，很多时候，我想父母的内心都是难过的。

我时常开导他们，每个人都有自己的秉性，爱与不爱，与善良无关，日久见人心。我并不能保证我是对的，我会保证我一直是积极乐观的，无须因为人生常态而过于烦恼和担忧。

搬去小店以后，虽然知道父亲无论在什么样的条件下都会找到最舒适的状态，但我依旧会有鼻子发酸的时候。父亲就不同了，父亲说，每个人都有自己的生活准则，你也一样。

父亲走到哪里都不缺朋友，很快就与当地的"老板"，路边的伙计，市场的大爷大妈混得熟络。前几日几个老伙计来找他，顺带着我和孩子。我们去了河边，他们几个老伙计在岸上打牌，我们在一旁玩耍。

这样的"打牌"就真的纯属娱乐了。我时常想起小时候父亲在家切牌的日子，像极了《赌神》里的场面，只不过多了些香烟、茶水、戒指和每个人的神色。

父亲赌博的时候从不笑，打牌的时候就自然得多。我无法知道，一个晚上摞起的钞票在那个年代的意义与这河边的三块五毛钱的上午有何差别。

但我知道父亲的快乐从来都是真的。

世事万物，一半是阳光，一半是阴凉，爱是向往。

听说我妈要来，父亲找了间小房子。有个院子，满满的阳光散落屋顶、地面，没有楼道、电梯、单元门、拐角、活动区，出门就能在院子里晒太阳。院子里有棵大树，树上鸟语，树下一片阴凉。听说之前是个幼儿园，后来改装成了一间间的小房子。麻雀虽小，五脏俱全。他很开心地带我去看，说其他的都很好，就是后面，有条狼狗大早上就开始叫嚣。有些吵闹，有些好笑。

多受父亲的影响，父亲喜欢的感觉，我自然喜欢。如果我一个人的话，我也会在高楼闹市中，选择这样的僻静之地。

他说花了好长时间，才找到这样的地方，你妈肯定会喜欢。

我说我妈肯定不会喜欢，如果店里能住，她肯定愿意住店里。但凡不花钱的事，她一定喜欢，因为你太能花钱了，而她受了很多苦。

父亲就笑而不语了，我们时常开母亲的玩笑，说她是财富的象征，说我们因她而变得非常穷。殊不知，正因为她，才让我们总觉得富足。

母亲的伟大是无法超越的伟大，父亲的快乐是滋养家庭的源泉。而我，依然是那个早起会唱歌，会哭会闹，而今多了几分努力的人。

北京近几日的天格外唯美，快乐当如此简单，如父亲的快乐一般。

只此青绿

总有人甘于奉献，乐于拼搏，并不为了结果。

想写这篇稿子已经很久了，尤其是在青海采访完仁青后。辞职时我是有些遗憾的，一方面是因为我喜欢这份工作，但过强的出差频率，使我自身暂时无法周全生活；一方面我总觉得，交差时的稿件只是点到为止。行业有行业的规则，文风有文风的规范，我十分能理解。

在健康界工作的两个月里，短时间的快速汲取有充分收获，除一批优秀的人与人脉外，在为数不多的采访里，对仁青的印象最为深刻。

一开始到达青海时，有些许担心高原反应，接待的志愿者说，越往高处去，遇见下雪也不稀奇。

随着海拔越来越高，并没有产生不适，人总是这样，担心的事情在没有证实之余反而些许失落。

当然，还是不要发生的好，不然路就难走了。

仁青是我遇见过的，为数不多的，真挚而热情的人。

他重视采访，他想把难处和难点都表达完。他的办公室有一张简陋的床，他的柜子里有很多资料。他喝酒是想更好地做事。他拿着病例登记表时手在颤抖。他讲他研究的课题时，眼里满是星河。他很激动，很努力，他想造福于当地的人。

可采访的意义仅仅是为了完成采访，他知道，又好像不知道。

很多人的办公室都有床，我相信他的床，是有温度的。

藏族自治州本就辽阔，当地的医院很大，各方面建设也十分齐全。院区并没有太多的病人，十分幽静，十分缓慢。

康复科有老人在做复健，治疗师是个小姑娘，每个动作都很仔细。事先她对采访也并不知情，毕竟不是一个科室。留在这儿的有很多研究生，有很多淡然又热情的人。

仁青说当地人更喜欢看藏医一些，藏医科十分受欢迎；藏文化独有它的魅力，在糖尿病治疗领域，西医结合藏医，严格管理，有着事半功倍的疗效。

整个采访和招待都是他亲力亲为，虽然最后的成稿，院长部分的叙述要比他更多。

有时我在想,那些付出更多,得到更少的人,他们要的,会是什么?

他们要的,是他们想要的,这就足够了。

当然,院长之所以成为院长,必然有过人的地方。这个世界,需要更多的不同的人的分工搭配,才能源远流长。

我时常看到北京协和医院的医生凌晨的动态,攻克手术,病例描述,实战分析……协和精神在整个医学界都值得歌颂。

我也听闻过很多抱怨,到院先做检查,数据说话,医生不说话,有钱才真的会有人认真看病。

它们都是真实的。

社会现象犹如树,一半向下伸长,一半向上生长。

医生有该有的模样,患者有该有的担当,战胜疾病,是双向奔赴的过程。

现代社会，人们除了关心健康，仍关心车与房，毕竟二八分则里，八的部分，决定了金字塔的高度。

车与房的营销无疑是商品营销中相当成功的。它不仅影响了经济、社会，更影响人的思想，替换了很多人的愿望。我不否认它们的作用，也不推崇。

或许往后稀缺的资源是人，亲人，友人，爱人，人才……

最后引用一段话结语：让懂的人懂，让不懂的人不懂，让世界是世界，我甘心是我的茧。

是的，只此青绿。

今天的北京零下十七度

如同往常一样，坐同一班地铁，同样的上班路线，又与往常不同，今天格外冷。

临近年底，疫情的原因，期待和压抑并存。这种感觉，如同萦绕心头的一抹薄纱，透着气，却依然有紧绷的束缚感。

以前我总写美好，岁月静好，现在不了，现在只正视世事变迁。世道变了，想回家时，家乡也已经变了。儿时最喜欢的那条河流，沙子被人偷了，河水慢慢没了。

世界上的好地方很多，家乡却只有一个。有些感觉，换一个地方就不是了。邻里亲人，乡里乡亲，唯配上朴实无华，才有滋味。

迎着寒风，跑起来，也就快了。一些想法一晃而过，只想找个暖和的地方坐下，让手恢复温度。

奔跑的人很多，有伴是极好的，单行的人，就显得薄凉了些。薄凉是一种常态，人们会用各种方式填补，但大部分人都在寻找最适合的方式。有的找见了，有的误打误撞了，有的放弃了。

地铁换乘时，人比以往多太多，没有来北京工作的人，是体会不到这种感觉的。即使同属漂泊的人，在不同的城市，城市所赋予的独特感受，只有身在其中的人，才能感知。

挤进地铁的时候，一女生拉了我一把。我遇见过很多种状况，每节车厢的挤进来的人不同，有的骂骂咧咧，有的说几句玩笑，有的沉默。一列车，可以上演很多种剧情。有人会挤掉你，也有人会拉你，你拉别人，别人会感谢你，都习以为常。

我本可以等下一趟的，很多人都可以等下一趟，天冷且想归家，每个人的理由都不一样。

有些城市，即使安家，也常有漂泊感。租房或是有房，这并不是因为哪些东西是谁的，属于谁，而取决于过着一种什么样的生活。有些人有家，总觉得无家可归；有些人无家，却少有孤独感。

人与人之间的相处，除去人与人之间，其实剩不下些什么，所以人，显得尤为重要，相互照顾用在哪里都甚为温暖。

抛开理想、愿望，大多数人常常不能按照自己的全部意愿选择如何生活，欲望和生存以及周遭的影响，常会使人改变。

听闻很多离开北京的人又来了，或许并不是因为不甘，而是习惯了快节奏的生活，慢节奏便不再适用，所以很多忙习惯了的人闲不下来，闲习惯了的人忙一阵便想休息。

下地铁还有一小段路，路旁小吃店门窗上白茫茫一片，路上是抵御寒风的人，有些人选择以车代步，有些人选择行走。不同的衣衫、姿态、步伐、路程，相同的是，每个人都有目的地。

我记得有段时间"初心"很流行。初心是什么，没有统一的定论，但一定是有所挂钩的，不然那些努力、坚持、奋斗、乐观，抑或是随遇而安、甘于平庸、知足常乐、得过且过都显得索然无味。

初心一定能敌得过这零下十七度的寒风。

爷爷

爷爷年纪大了，病了。

看一眼穿着住院服的爷爷，眼眶就湿了。住院服真是太难看了，难看得，我都不想细细看。

那还只是照片或视频，那还不是场景。

成年人的脆弱，都藏在了心里。老人就不同了，老人的脆弱，都暴露在外面。瘦弱的身体，褶皱的皮囊，单薄、蹒跚。

记忆中写爷爷的时候很少，不过小时候的一篇作文，长大后的几首诗歌，少而鲜明。

小时候写过一篇文章，我的爷爷是镇长，那时候写爷爷，就写爷爷如何爱我。

写爷爷骑着三轮车送我上学，给我讲历史故事，在家里写对联，教我种花生，写他的温和、慈祥、勤劳、细致。他把最好的一面都留给了他的子子孙孙，作为大孙女的我，在一开始享受的,必然是精力饱满的爱与陪伴。这让我在任何时候,都能感受到人间值得。

爷爷的三个儿子一个女儿,都非常孝顺,无论他们是否富足,孝顺与爱,都能表露出来。

镇上的生活没有什么大风大浪,平静安逸,人们自然老去,为真正的柴米油盐老去。

当晚我梦见了爷爷,在这之前我已经很久没有梦见爷爷了,因为平时不怎么想,但时有挂念。一瞬间的,我想大多数人都有过这种感受。

老妈说隔壁床也有一个老人,看病的钱是自己攒的,好几天了,也没有一个人看望。

人生本来就时有不易,每个人的不易,哪有人能全部晓得。孝顺,是代代流传的。

老爸听到消息立马订票赶回去了,我沉闷的心情在爷爷做完手术后解开了许多。他说恢复得很好,让我不要担心,老爸经常说谎,我自有把握。

老爸当兵的时候,爷爷给老爸送东西。有一天,下了很大的雪，镇上到城里的路不能通车。爷爷在雪地里走了一天一夜，那时候的雪，垒到了膝盖，都不及父爱深。

爷爷是我见过的最为温柔、细致而有耐心的人，这些在他的儿女身上我都有见到过，当然，包括我的父亲。

每每回忆起这事，老爸眼里都是闪着泪光的。这个在牌桌上抽着烟，眼都不眨一下的男人，对家人和孩子，常是笑脸，在大局上，永远把着关。

说有见到过，我总认为，自然都不及我的爷爷。人各有天性，而后天，取决于环境，取决于爱，取决于愿意爱。

爷爷这两年身体相比以前差了很多。一方水土养育一方人，家乡的环境宜人，但饮食习惯并不是很好，很多潜在疾病都会随着年纪增长、显现。放在现在，我们或许能够学习与改变，但那个时代，已然过去。

担心在一定程度上是没有用的，想哭的时候就会哭了。给孩子洗漱完，收拾收拾，计划回家。原来回家，也是一件需要计划的事情。怪不得那么多人，都希望将儿女留在身边。

我本不想标点，因为爱没有句号……

男女相对论

很少以一篇极为简单干练略带引起不适的文风来写文章，说一个事实说明白，除去几分情感，就事论事。

在男尊女卑的思想上发展起来的男女平等，自然是扭曲的平等。这份平等，对男人，对女人都不平等。

或者说，对男人，对女人都有害。

男人可以保护女人，女人也可以保护男人，男人和女人的需求是一样的，没有一个人，需要扮演强者或弱者。

照顾也是相互的，男人有男人的方式，女人有女人的方式，人人有自己的方式。一个人愿意照顾一个人，和一直照顾一个人，是两码事。

女人变强并不需过于嘉奖，关于事业成功，男女本就都可以做到。女人可以柔弱也可以刚强，男人也如此。事业成功只取决于你想成为一个什么样的男人或女人，平庸也是一种选择。

男人和女人所面对的社会，所做的事，所动的情，从本质上讲，都是一样的。起点上，男女都是平等的，只是世俗习惯不同。毋庸置疑，人的思想容易受规则与权威控制，男女的职业选择和情感选择都有影响，这就定义了人生大部分的不同。

打个比方，并非美是女人的代名词，而相对美的男人，就称为"娘"与"魅"，或者相对更加温柔的女人，就是作。有人喜欢歇斯底里，就有人喜欢默默哭泣。

人向来不同，明白自己是什么样的人永远明白，不明白自己是什么样的人永远听别人说明白。

事实上，更多的人对自己喜欢什么样的人心知肚明，有些人容易被PUA（精神控制），而有些人习惯性反PUA（精神控制），都是自身的问题。这个社会什么样，外界对你影响如何，全靠自己的决断。

情感诈骗很多，走情感极端的人也很多，无论别人因为什么而变成如今的样子，过去都不值得深究，也不能成为理由。因为改变不了，自然面对他们现在的样子，处理问题，做出抉择，成年人都有自己的判断力，除非本没有达到应有的成熟状态。

要想改变他人先改变自己的想法，全看你的出发点是什么，为了共同变好比为了个人得到更有意义。

太多备胎不值得炫耀，太多悲伤也不值得陷入。

直男和女汉子不能全部定义一个人，事实上，人是最不能定义的。

每个人在另一个人面前，表现都不一样，同为亲人，对母亲的态度，对父亲的态度，对兄弟姐妹的态度都不一样；同为伴侣，对前任的态度，对现任的态度也不一样；同为朋友，对每个人的态度不一样；同为儿女，对他们的态度，都不一样，因为他们本就不一样。

每个人都有个性，有些人愿意打破原则，有些人不愿意，首先要保证自己有稳定的情感和接受伤害的能力。如何维持爱除了两个人真爱没有其他办法，真心相爱的人会互相安好，无论是什么结局。

愿意了解你的人就会了解你，不愿意了解你的人你走不近，没有人了解也很正常。

对于变心的人，要么换种心态重新爱，要么不爱，什么都已回不到过去，过于怀念对比都已没有用。过去发展而来的未来，并非就比现在创造的未来好，人在成长，重新认识是明智之举。

男女都有玩弄感情的可能，无情的人会玩弄感情。伪装都是有破绽的，真诚的人看得穿，看不穿只是因为你看不穿，这本身就是个难题。判断失误并不可耻，处理伤害才是一种能力。不要说谁认真谁就输了，感情不是游戏，没有输赢。

人本质上不会因为恋爱、结婚、离婚、再婚这种程序式的方式而交心。如果你说真爱没有，就没有，但不要一边否定，一边又要与人相爱；如果你说真爱有，找个有相同想法的，直奔主题，好生珍惜；如果你相信有但愿意放弃，就放弃，投身其他地方。

人不只有三观，还有四观、五观等等，被代名词定义的人生永远在局限里。

都说爱情里女人是没有理智的，相对来说，男女都一样，但理智其实是一直存在的，是必要而不能失去的，有理智并不等于现实。没有什么女人拜金而男人更现实，都是人的选择，是选择自然存在失误，是失误自然存在挽救措施，是措施自然存在优良之分，而选择以后有更多的事需要做。单身和不婚都是一种选择，但不要一边决定单身又一边跃跃欲试，损人不利己。

你与一个人相处的时候，大概就能推断出对方是一个什么样的人。信一个人的前提，是信自己，是相信他有骗你的可能，如何骗你，什么时候骗你，或者永远不会骗你。是信自己的判断力，因为你信的人会变，而判断力在变之上。

情感，你选择要与不要，它都是主流。弱化与强化它的影响，全凭一念之间。

谁告诉你过日子跟谈恋爱不一样，结婚是两个家庭的事都太冠冕堂皇。过好日子需要真正的伴侣，家庭工作琐事靠智商情商，不想太费脑子就简单点。

仪式上的节日不如每日的幸福，庆祝的节日无处不在，包括特定的节日。在一起过与不过节，如何过节，重点应该是在一起，过于在乎后者说明本质有问题。

控制情绪是基本能力，引导别人控制情绪是特殊能力，并非人人都有，人人都能做到。

就目前看来，唯有生命和时间不可恢复到从前，其他都可以周全。

回忆六点半

醒来的时候,六点半,被梦唤醒,翻了个身,便再也睡不着了。六点半其实不早,它不比四点半,已然有很多人起床,化妆抑或是赶车。在家乡的话,爷爷一定坐在院子里,喝上一小口茶,咳嗽那么三两声。

梦见了大学室友,是学临床时的那一批,一桌子的人就在那里,留了个空位给我。热腾腾的饭菜,我兴冲冲地跑过去,还没来得及说话,高兴醒了。好久没梦见她们了,在早睡的这几天里,梦似乎都深入了。

那时临床要学5年,大二的时候,便生了换专业的心思。5年太长了,能上大学,实属万幸。高中除了语文课稍感兴趣,其他课大部分在神游状态。课间,更是喜欢胡乱写些东西,抑或是嬉闹去了。我不算是个好学生,但一直觉得上学是个好事情。

很快,便自行换了专业,同属医学院,捡着简单的来。检验四年毕业,功课不难,于是就换了,认识了一批新的室友,我还常回去打扰她们。

临床的学生刻苦得太多，检验就显得格外轻松了。习惯了安逸的日子，很快又萌生了考研的想法，初试压线，复试想着麻烦就算了，谁知，那次算是最好的发挥了。

凡是自己造成的失误，我都不太喜欢为难自己，再次提到的时候，也不过是一些琐碎的事罢了。只是我毕业后，她们才开始实习，而后又规培，感觉各奔东西，互相很远。

我结婚的时候，她们都来了，不远千里的，那时候很感动，现在回想起来依然如此。只是后来，她们陆续结婚的时候，我都没能参加，她们互相也没有到得很齐。想来，倒庆幸结婚得早了，正好她们都有时间。

时间，十分珍贵，年纪越大的时候，感受愈发明显。第一次见到她们，铺床的画面还历历在目。而后，就是生活的点滴，以及触碰到又消失的思绪。

有很想念，但成熟会让它变淡，不再是一想便见的时光。人的成长，没有些许冲动，便是平淡居多。

朋友圈里，无论是临床还是检验的同学，都在疫情期间忙碌着，奉献精神令人敬佩。

高中的时候，老师强调高中的同学很重要，大学的时候，老师强调大学的同学很重要,工作的时候,领导强调团队的同事很重要;家庭很重要,工作很重要,健康很重要,金钱很重要,自由很重要,经历很重要,挫折很重要……而每个重要,回归到我们心底的分量,都不得而知。

人终究要与自己友好相处,懂得自己的习性、知冷暖,而后,再与这世间的种种吻合,得以成长,得以终老。

抖音上巴菲特告诫女儿的话振振有词,记不太清楚,大概如此,伴侣是找战友而并非满足一个人的巨婴。那么巴菲特是如何告诉他儿子的呢?他会怎么说?他最好要将同样的话告诉他的儿子,才不会显得有所差池。

男女往往无须分工,要看各自是否情愿去做。辛劳用在不同的事上,难分孰重孰轻,彼此尊重与理解,又各自能够周全自身。不失初心,不失关心,方能长远。

成功和幸福往往是可以并存的,但很多人让它不并存,因为人,终归是人。

有些人认为成功是件幸福的事,那么就有人认为幸福是件成功的事。同理而论,很多人拿幸福与婚姻挂钩,事实上,幸福由始至终,都是一种状态。它不与任何事挂钩,它归于人的内心,归于人生的每一件小事。

记忆中宿舍还有一位依然单着，每次开玩笑常拿她开涮，只要她开心，什么事，都不是绝对的。恋爱如何，婚姻如何，孩子多少，都只是依附于一个人，而额外生出的经历。

锦上添花与雪上加霜，都时常发生，福祸自然相依，来之即来，去之亦去。

写得随性，时间过得也快，孩子醒了，探出小脸蛋，"妈妈，狗走了吗？"每次都会被她这句话逗笑。

对面的狗每天 7 点 40 分准时出门，小家伙只要比它晚，就着急忙慌地怕迟到。我本是最不怕迟到的人，她却恰恰相反。而由于她，我也很少迟到了。

穿衣洗漱，下楼等我。送完她，顺便去肯德基取走早餐，一天就这样开始了。

不同的是，上次的帕尼尼忘了加蛋，今天有了，可芝士又稍放多了些。有更多的人，没有时间吃早餐，不如等一等，停下来回忆一番。

浅浅

实力是硬道理,关系只是锦上添花。

累了就不用想那么远;一日三餐,十分简单。

哪里存在什么异地,不过是异心而已。

做别人都做的,然后,做别人做不了的。

难得有人愿意,踏踏实实地陪你。

经历过悲伤的人,应该知道如何治疗疼痛。

人无须假装幸福,不幸福也是一件极为正常的事。接受这个事实,起码,比不幸要强。

网络只是调和剂,可以用其生存,但并不能依赖其生存。

要经常给自己买些小礼物,不要问为什么,没有原因。

当你开始讲究法律、权衡利弊的时候，爱情的保障就失效了，何必再去怪罪它的短暂与不忠。

世人太高估男人的作用了，连男人自己也高估了，其实有很多男人无法承担养家糊口的责任。或许，他们并不应当承担，是什么让他们拥有使命感并困在其中呢，我们不得而知。世人也太高估女人的作用了，连女人自己也高估了，其实很多女人无法拥有周全家庭的能力。或许，她们并不应当费心周全，是什么让她们愿意放弃自我而追逐那一声贤妻良母呢，我们不得而知。世人让世人变得不幸福，又告知世人，幸福难能可贵，是什么让世人如此传承呢，我们不得而知。

爱己和爱人是可以同时进行的，我们为什么要将它们分先后，分顺序呢？爱是相互的，如果你无法懂得爱，先懂得相互，无法相互的人，无须纠结是否去爱。

智者当真不入爱河？真正的智者，拥有真正的爱河。

我们缺乏三种教育：性的教育、爱的教育、死亡的教育。分别对应人生的三个支点：身体完整、灵魂丰沛、生命价值。

我们拥有的，不过是实物。把握真正的体验感，热爱生活，热爱工作，热爱人，热爱梦，都不过如此。

完

《一直很安静》尾声已至,
它是安静的,也是充满活力的。